NF文庫
ノンフィクション

海上自衛隊 邦人救出作戦！

小説・派遣海賊対処部隊物語

渡邉 直

潮書房光人社

『海上自衛隊 邦人救出作戦!』 目次

海上自衛隊　邦人救出作戦！

――小説・派遣海賊対処部隊物語

マラッカ海峡へ

一

「入ります！」

ノックの音に引き続き、艦長室のドアが開いて副直士官が顔を出した。

「艦長！　海幕から電話です！」

「ん……？　有り難う」

晋悟《しんご》は、座っていた椅子ごと回転させて副直士官に笑顔を送りながら、

（海幕……？　今ごろ何か）

訝しげに、卓上の受話器を取った。

「海幕」は防衛省海上幕僚監部の略で、海の制服組のトップである海上幕僚長を長とする防衛大臣のスタッフ組織である。スタッフとはいえ大臣の命令は海上幕僚長を通じて行なわれることになっているので、いわば海上自衛隊の指令塔である。

「はい、ふゆづき艦長、亀山です」

亀山晋悟《かめやましんご》、三十九歳、独身。昨年の七月一日付二等海佐に昇任するとともに、護衛艦「ふゆづき」の艦長を命ぜられ、着任早々マラッカ海峡へ派遣された。「マラッカ海峡及び周辺海域の安全に関する特別措置法」に基づく「マラッカ海峡派遣部隊」への合流を命ぜられたのである。いわば海賊退治だ。

四ヵ月間、マレーシアのペナンを基地として、マラッカ海峡の安全に寄与し、それなりの成果を上げて帰国した。この夏にはまた陸上勤務だろうと晋悟自身思っていたところ、士官室の半分以上は交代したが、なぜか艦長には転勤の話はなかった。

海を志してこの職についたのである。海上勤務を望むのが当然で、

(能吏になるために、この道を選んだのではない)

というのが、晋悟の口癖だった。

しかし、海幕からの電話ということで、また陸上勤務の話かな、と一瞬ドキッとした。でも、海幕人事課が直接本人に電話をしてくることはまずない。必ず上司経由でくるはずである。

「あー、亀山。同期の安田だ。元気か」

「…………」

受話器の向こうから響く明るい声に、晋悟は思わず戸惑った。

（安田……）

海幕は海幕でも人事課ではなく防衛部運用課、それも晋悟の前配置、海幕での後任者ではないか。

「安田、おまえか。それで何用……」

「うん、実はな。この夏おまえは、海幕のある課に引っ張られようとしてたんだ。それにおれが待ったをかけた。もちろん、うちの課長から人事課長に言ってもらってだがね」

「…………」

「今マラッカ海峡は、大変なことになってるんだ。と言うとちょっと大袈裟だが、おまえも知ってのとおり、この春、不審船を臨検しようとした隊員に死者が出た」

昨年末、晋悟の「ふゆづき」はマラッカ海峡派遣部隊の任を解かれ帰国した。その後、マラッカ海峡の海賊はしばらく静かだった。ところが、今年に入ってまた跳梁しだしたのである。

彼らは、海自艦艇の「武器使用基準」を熟知している。正当防衛以外は撃たないという手の内が、海賊船の隅々まで行き渡っているせいか、完全にバカにされているというのである。

そしてついにこの春、犠牲者が出てしまった。臨検隊として乗り込んだ隊員のうち三名が相手船の銃撃で重傷を負い、そのうちの一名が帰艦後息を引き取ったのである。

この事件は日本国内で大問題になり、部隊の撤収まで議論が進んだ。

しかし、沿岸諸国の強い要請による国際貢献の一環という大義名分とともに、日本にとっても重要な資源ルートであるマラッカ海峡の安全を放棄するわけにはいかない。

では、どうするのか。

当然のことながら、海自艦艇の武器使用基準を、国際標準的なレベルまで緩和しようという動きになった。すなわち、従来の「正当防衛」のときのみ許された武器の使用から「任務遂行目的の武器使用」を認めることと改正されたのである。

「亀山、おまえ海賊どもに〝南海の虎〟と呼ばれていたんだってな。おまえの報告書には書かれてなかったけど……」

「あー、そうらしいな。当時、地元の新聞が書きまくっていたようだ」

「その地元だ。沿岸諸国から、ぜひそのザ・タイガー・オブ・サザーン・シーを呼び戻してくれ、という要望があったんだ」

「…………」

「どうだ。おまえが首をたてに振ってくれたら、すぐにでも行動を起こす」

晋悟の頭は、急速に回転しだした。

昨年は、二回にわたり海賊を逮捕したが、結局、晋悟が主張した、海賊の根拠地の探索までは至っていない。晋悟の思いとして、心残りの結果であったことも、確かである。

「それでどうだ、また行ってくれるか」

電話の主の催促である。

晋悟は、腹を決めることにした。

「まず、引き続き海上勤務をさせてもらっていることに感謝している。命令とあらば、どこへでも行くさ。ただ、前回と同様おれの考えたやり方でやらしてもらう」

「臨検特別隊のことか。いや、おまえの偉業を賞賛する者こそあれ、非難する声は海幕では聞かれなかったよ」

特別隊だけではないが、あえて根拠地のことは、言わなかった。

「ところで、このことは上司等に話していいのかなあ」

「あー、まだ内密だ。ただ、準備もあるだろうから、必要なところへは話してもいい。ほぼ間違いなくそうなるだろうしな」

海幕では、初めからもう決まっていたことなのだろう。

「わかった。情報を有り難う」

晋悟は、さっそく直属上司の護衛隊司令に概略を報告するとともに、副長にも伝えた。士官室のメンバーは、副長ほか半分は残っているが、臨検隊に関わる砲雷長や水雷長は代わっている。

（また一からやり直しだな……）

晋悟は、ひとりごちた。

二

「出港用意！　もやい放て！」

晋悟は力強い声で令した。

航海科員の出港ラッパに引き続き、マイクでも晋悟の命令が繰り返された。

「両舷、前進半速！」

引き続き、晋悟が令した。

ガスタービン特有の甲高い音が急速に周波数を上げ、艦はゆるやかに進みだした。

いつもの出港風景だが、岸壁には群司令をはじめ多くの制服、それに家族、横須賀音楽隊など見送りの人々があふれていた。晋悟は、家族の見送りの許可を上級司令部に申請していたものの、このように盛大な見送りになるとは思ってもいなかった。

音楽隊の演奏が「軍艦マーチ」に変わった。

岸壁の人々が手をふり始めた。

「左、帽ふれ！」

艦内マイクが令する。今まで整列していた乗員が、一斉に帽子をとってふり出した。

青い空には、すでにいわし雲がかかり、海面を渡ってくる涼風にも秋の気配が感ぜられた。

（二〇XX＋一）年の夏も終わろうとしていた。


「ヘリコプター二機、左一〇度、一〇〇〇〇（メートル）向かってくる」

左見張りが、報告した。

「艦長、搭載機は五七号と五九号です。機長は、矢島一尉と北村一尉です」

いつの間にか飛行長の谷村一尉が、艦長椅子のうしろにいた。飛行幹部候補生出身の三十六歳。ベテランパイロットである。この夏の人事では移動がなかった、いわば居残り組である。昨年の海賊退治に参加しており、晋悟のやり方を熟知している。

「あー、有り難う」

晋悟は振り返って飛行長に言った。

「ふゆづき」の搭載機は、二機である。この二機搭載が、昨年の晋悟の第一回目の海賊拘束に大きな貢献をした。

中東へ向かう日本船籍の自動車運搬船が、南シナ海で夜間海賊に乗っ取られた。船長以下乗組員は、救命ボートに乗せられて海上に放棄されたのである。これを、精密捜索中の「ふゆづき」レーダーマンが探知した。直ちに発艦した一番機が、レーダーマンの誘導で救命艇を発見、続いて飛び立った二番機に救命艇を引き継いで今度は貨物船の捜索へ、いわば二面作戦を同時にこなしたのである。そして海賊の無血逮捕につなげた。これが「ふゆづき」およびその首領である晋悟を、海賊仲間で〝ザ・タイガー・オブ・サザーン・シー〟と呼ばせるに至った端緒を開いたのである。

晋悟も、ヘリコプター二機搭載の有用性を、その報告書でしたためていた。

「艦長、矢島一尉以下十二名、ただいま乗艦しました。よろしくお願いします！」

機長二人が、艦橋に上がってくるなり晋悟に報告した。

この時点で、ヘリの搭乗員は艦長の指揮下に入ったのである。

「あー、ご苦労さん」

晋悟は艦長椅子から降り、一人ずつ握手しながら、

「昨年は、ヘリにはずいぶん活躍してもらった。今回は長丁場になるかも知れないが、よろしく」

と笑顔で言った。

「は、はい！　よろしくお願いします」

二人とも緊張した面持ちで、手を握り返した。

昨年の行動は四ヵ月だったが、今回は特に現地からのご指名である。

（こりゃ、長引くかも知れんな……）

と、晋悟は思っていた。

護衛艦「ふゆづき」は、すでに外洋に出て南の海への針路をとっていた。

初秋の海は穏やかで、外洋にもかかわらず白波が見えなかった。とはいえ、時折大きなうねりが襲って、「ふゆづき」をゆっくりと上下させていた。

晋悟の乗艦「ふゆづき」は、平成十五年竣工の「たかなみ」型の後継として計画された「あかつき」型の一艦である。

基準排水量五千トン、ガスタービンで馬力七万PS、速力三十二ノット、搭載武器は、百二十七ミリ単装速射砲×一、SSM装置一式、短SAMとアスロックを発射するVLS装置一式、三連装魚雷発射管×二、高性能二十ミリ機関砲×二、海賊対処用として昨年増設された十三ミリ機銃×四はそのまま設置されている。

「艦長、予定どおり訓練を開始します！」

副長が、晋悟に近づいて言った。

船務長兼副長、田上三佐、四十九歳。士官室の居残り組である。一年間晋悟と、いわゆる同じ釜の飯を食って、十分に晋悟のやり方を会得した、艦長補佐役適任の老練である。

「あー、そうしてくれ」

晋悟は答えながら、出港までの慌ただしい日々を思い出していた。

海幕防衛部運用課の担当者の電話から三週間、正式の命令が出てから二週間である。この間、糧食や準備物資等の搭載はもちろんのこと、この夏に交代した士官室のメンバーや乗員の交代者の基礎的な教育・訓練、基本的な部署訓練、そして当面最も大切な「不審船対処部署」と、その中の臨検隊員の訓練をこなしていかなければならない。

「不審船対処部署」は、昨年の「特別措置法」の制定と海自への出動命令で急遽、定められたもので、海賊以外の工作船やテロ船などにも適用できるように、包括的な名称となっていた。

晋悟は、昨年と同様「臨検特別隊」を編成した。もちろん、希望者を募ってである。昨年の特別隊の海曹全員と海士の一部は引き続き乗艦しており、彼らは今年も志願した。

その中には、晋悟が若いとき苦楽を共にした、いわゆる子飼いの部下がいる。砲雷科運用員の真田隼人二曹、機関科応急員の熊谷三曹、補給科調理員の池野三曹の三人である。

隼人、昔からみんなに姓ではなく名で呼ばれているのだが、艦長と同い年の三十九歳。高校のとき、剣道部の主将を務めた剣道五段の熱血漢。海士長のとき、上陸中に起こった事件をきっかけとして晋悟を、

(この人のためなら……)

と、思うようになった一人。

熊谷直弘、三十三歳。一等海士のとき、分隊士だった晋悟に内務面で指導を受けて、やや

退廃的生活からいわば立ち直らせてくれたことで、晋悟に心酔するようになった一人。柔道三段の腕前を持つ。

池野忠義、三十五歳。やはり一等海士のとき、当時体育係士官だった晋悟に体育を通じて可愛がられ、不幸な家庭環境に育ったこともあって、晋悟を兄貴的存在として敬愛するようになった一人。空手道二段。

その他の海曹二名と海士三名は昨年からの隊員であり、新たに志願してきた海士二名を加えて計十名で編成することとした。隼人以外は、皆独身である。

新たな二名はいずれも海士長で、昨年も本艦でマラッカ海峡行動に参加しており、晋悟や特別隊員の行動を見ていて熱望したらしい。

少数精鋭主義の晋悟は、副長のもってきたこの十名の名簿に十分満足し、昨年と同様、三つのグループに分けた。

艦長のかわりに、実際の全般指揮をする真田隼人二曹と補佐役の隼人付海士、それに晋悟の三人が第一グループ。池野三曹を長とする四名で第二グループ。熊谷三曹を長とする同じく四名で第三グループである。

そして、最先任の隼人に、徹底訓練を託した。横須賀停泊中は毎日のように、陸上施設を海賊船に見立てての突入訓練を実施させたのである。もちろん、正規の部署にもとづく「臨検隊」も同様の訓練をさせた。指揮官は砲雷長、副指揮官は水雷長である。二人ともこの夏着任したばかりだ。

砲雷長は大鋸一尉、三十三歳。東京の私大から江田島の幹部候補生学校に入隊してきた、候補生学校の期で晋悟の七期後輩である。

晋悟は、まず砲雷長の教育から始めた。

「いいか砲雷長。いくら武器使用基準が緩和されたからといって、それだけで任務が全うできると思ったら大間違いだ。大切なことは、今までとなんら変わっていない。それは、隊員一人一人の気構えだ。犯罪者たる海賊を、軍艦が取り締まるという気構えだ。これを各人に徹底的に叩き込んでもらいたい」

隊員を訓練するためには、指揮官自らその内容を十分理解していなければならない。

やがて砲雷長と水雷長は、晋悟がかつて防衛省において「特別措置法案」の作成に深く関わっていたことを知るとともに、昨年は二回も海賊船を拿捕し、現地では「南海の虎」と呼ばれていることも知ることとなった。

晋悟は、この二〜三週間の間では、とても訓練が行き届かないことは承知していた。長期の行動の前でもあり、家族との時間を持たせる上陸も肝要である。

（本格的訓練は、出港してからだな……）

自らに言い聞かせるとともに副長に告げ、出港してからマレーシアのペナンに着くまでの訓練計画を作らせたのである。

三

艦長室の無電池電話のブザーが鳴った。

夕食の後シャワーを浴び、ベッドに横になって本を読んでいた晋悟は、手を伸ばして壁掛け電話の受話器を取った。艦橋と機関室と艦長室の直通電話である。

「はい、艦長」

「当直士官から艦長へ。日没五分前になりました。本日の日没ヒトハチヨンマル（一八四〇）」

副直士官からの報告である。

「あー、有り難う。今上がる」

艦長室を出て階段を二つ上れば、そこはもう艦橋である。

「艦長上がられまーす！」

信号員が声を張り上げた。

「異常ありません」

敬礼しながら当直士官が報告する。

「あー、ご苦労さん」

と、言いながら晋悟は思わず瞠目した。大袈裟に言えば、艦の前方方向の空が全天真っ赤なのである。夕焼けなのだが、いつものそれとは、ひと味もふた味も違う。

横須賀を出港して四日目の夕刻、艦は台湾とルソン島の間のバシー海峡にさしかかっていた。

この付近の海域には珍しく、白波ひとつない群青色の海面が段々色を濃くしながら水平線に達するといきなり濃い茜色にぶつかる。その色の違いが、水平線を嫌が上にも際立たせていた。

その茜色の少し上に、ぽっかりと浮かぶ白色の大きな太陽、それが周りを金色に輝かせながら静かに沈んでいく。茜色は上にいくにしたがって真紅に変わり、さらに上にいくと橙色から黄色へと変わっていく。

その間に白色や黒色の雲の層が水平線と平行に何本も引かれ、それが太陽の光を受けてきらきらと輝いている。まさしく天然の絵屏風と表現すればいいのだろうか。

(美しい……)

思わずため息が出た。

同じ夕焼けでも、それは日々異なり決して同じ光景は現われないというけれど、晋悟は今、過去の同じような美しい二つの情景を思い浮かべていた。

一つは、昨年の秋ジャワ海で豪華客船の夜のパーティーに招待されて、搭載ヘリで移動中の夕焼けである。今宵のように素晴らしい情景だった。

メスドレスに「波平」銘の短刀を仕込んだ旧海軍の短剣といった、同船の人質奪還作戦のときとまったく同じ服装でパーティー会場に入った晋悟は、いきなりのバンドの演奏とマイクの紹介に驚いた。

「レディース・アンド・ジェントルメン、アワー・ヒーロー、ジャパン・ネービー、キャプテン・シンゴ！　ヒー・イズ・ザ・タイガー・オブ・サザーン・シー！」

昨年マラッカ海峡にきて四ヵ月が過ぎ、交代の発令があって最後の哨戒に出たとき、晋悟にとって二回目の海賊逮捕の機会が巡ってきた。そしてそれは、豪華客船の人質を全員無事救出したことでもあった。

当時、乗船していた英国の伯爵夫人とその令嬢および多くの船客、そして船長から感謝されて、船長主催のパーティーへの招待となったのである。

さらに、この話には後日談がある。

今年に入って五月のある日、晋悟にとって思いもかけない知らせを防衛省から受けた。なんと、英国女王陛下からの勲章伝達があるから在日英国大使館へ赴くように、というものだった。

それは、まさしく晋悟にとって寝耳に水の話だった。しかし、考えてみたら、

（あの伯爵夫人のご尽力か……）

会場での、あの伯爵夫人の好意にあふれた言動を思い出していた。

そして指定された日、晋悟は一人で上京し、栄誉ある「大英帝国勲章」(Order of the British Empire) のランクOBE（オフィサー）をいただいたのである。

この勲章の略綬は、晋悟の制服の防衛記念章の最上段に燦然と輝いている。

夕焼けの情景の二つ目は、そうあれはもう十年も昔のことになろうか……。

瀬戸内の海に沈む太陽を女性と二人で見ていた。

「素晴らしいわね。お日様が沈むのって……」

その女性の顔が、夕日を受けて赤く染まっていた。

名前は奈美子。中学校の同級生である。

長い付き合いの後、晋悟二十七歳の夏二人は同棲した。愛の巣は、晋悟が逗子の住宅街に借りた小奇麗なアパートだった。彼女は弁護士志願で司法試験に合格するまでは結婚はお預けというのが条件だったのである。

それから丸二年、それは晋悟にとって夢のような生活だった。

晋悟は、乗艦は変わったがいずれも横須賀を母港とする艦で、出港中と停泊当直以外は逗子のアパートに帰ることができた。奈美子も、東京の弁護士事務所で事務を手伝いながら勉強をしており、晋悟が帰らないときは家で勉強に打ち込むこともできた。

ところが二十九歳の夏、晋悟は単身赴任を余儀なくされた。一等海尉に昇任するとともに江田島の第一術科学校で、一年間砲術の勉強をすることとなり、奈美子は引き続き東京の弁護士事務所で勉強をするため逗子に残った。

そして奈美子は、夏休みをとって江田島へやってきた。

晋悟はあちこち案内して回った。瀬戸内海の夕焼けにも感動してもらった。

その数日はあっという間に過ぎて、奈美子が帰る日の早朝、フェリーの桟橋まで送っていった晋悟は、別れ際彼女が鳥取砂丘に寄って行くかも知れないと言ったのが、妙に気になった。

フェリーは呉に向け出港し、船上の人となって手をふる彼女の姿が、晋悟が見た奈美子の最後となった。その日以来、奈美子は忽然と姿を消してしまったのである。

まもなく司法試験で、今回は彼女も自信があった。そして試験に受かったら晴れて、

「結婚式を挙げようね」

と楽しみにしていた彼女だったのだが……。

（もう、十年にもなるか……）

今でも目をつぶると、別れ際の彼女の笑顔がそのまま瞼に浮かんでくる。逗子のアパートは、奈美子がいつ帰ってきてもいいようにそのままにしてある。

「艦長、不審船対処部署訓練を開始します」

副長の声で、晋悟は我にかえった。

「あー、そうしてくれ」

太陽はすでに没し、わずかに残照が水平線上を明るくしていた。あたりの海面には、すでに夕闇がただよい始めていた。

副長が、マイクと言って声を張り上げた。

「想定、不審船発見！ 繰り返す。想定、不審船発見！」

続いて、声を張り上げた。

「配置につけ！」

当直士官が、コンパスの下にあるアラームのハンドルを引いた。

「カンカンカンカンカンカン！」

「教練不審船対処用意！」「臨検隊派遣用意！」「臨検特別隊派遣用意！」

次々と副長は令し、マイクの音が艦内隅々まで鳴り渡った。

漆黒の静かな海面を、「ふゆづき」はマラッカ海峡に向けひたすら航走していた。

海峡派遣部隊

一

懐かしいペナンの街並みが見えてきた。

岸壁も一年前とまったく同じ所である。

その岸壁に「ふゆづき」と同型の「あかつき」が横付けしていた。「あかつき」型のネームシップそのものだ。旗の端が三角形に切れ込んだ、白地に赤色の桜花一つの司令旗が、南海の微風に翻っている。他の二艦は、哨戒のため出港中なのだろう。

「ふゆづき」は、この「あかつき」と交代するのである。

晋悟は、今回初めての入港なので総員に制服を着用させていた。

「艦長！　第十六護衛隊司令に敬礼しまーす！」

通信士が叫んだ。

晋悟は手を挙げて了解を送ると、左舷に出た。

「マラッカ海峡派遣部隊」の現在の指揮官は、第十六護衛隊司令の斉藤一佐が務めている。派遣部隊の指揮官としては、四代目である。乗艦はDDHの「はぐろ」だが、たぶん同艦は哨戒のため出港し、司令は晋悟の「ふゆづき」を迎えるために、一時的に乗艦を「あかつき」に移したのだろう。もちろん、一時的であっても防衛省海幕へは、電報で報告されている。

DDH「はぐろ」は、長らく第三護衛隊群旗艦として活躍してきたが、今までと同様一万三千五百トンのDLHが就役すると群直轄艦となり、「特措法」に基づく派遣部隊の旗艦にされたのである。

晋悟が操艦して、岸壁に近づくと「あかつき」の右舷ウイングに、四本線の肩章をつけた制服が立っているのが見えてきた。司令自らお出迎えである。

斉藤一佐は晋悟の四期先輩、若いとき一度だけ乗艦が一緒になったことがある。豪気な性格のシーマンと見た。少なくとも、決して能吏ではない。

「よー、亀さん、久し振り。元気そうだな」

晋悟が横付けを終了し、あらためて司令に敬礼をすると、その司令が舷側越しに、気さく

に声をかけてきた。司令の隊付だろう、一等海尉二人が晋悟に敬礼しているのに答礼しながら、

「ご無沙汰しています。またよろしくお願いします」

と、司令に返した。

「こっちこそだ。なんて言ったって〝南海の虎〟だからな、ワッハハハ」

「司令、ひやかさないで下さいよ」

急に晋悟は、その昔一緒に勤務したときの気分に戻った感じがした。この先輩には、そういう他人を和やかにする雰囲気がある。

「今、そちらに報告に伺います」

「そう硬いことを言わんと。まあ、お茶でも飲みにくるか」

そう言うと、司令は艦橋の中に引っ込んでしまった。

そばにいた、あかつき艦長に、晋悟は慌てて敬礼をするとともに、

「先輩、お久し振りです。よろしくお願いします」

と言った。

「やー、ご苦労さん。亀山君は、二回目だそうだね。いや、ほんとにご苦労様だ」

あかつき艦長は、晋悟の一期先輩である。

晋悟は、僚艦との桟橋が架かると舷門で迎えてくれたあかつき艦長とともに司令公室へ向

かった。

「まあ、座れ。亀さん、ペナンという所は、いいところだね」

司令の開口一番である。

「街はきれいだし、食べ物はうまいし、飲み屋は日本的で気安く飲めるし、なによりも国民が極めて親日的なことだ、気に入ったね。亀さんは四ヵ月もいて、いい人ができたんじゃないの」

「いえ、停泊中は臨検特別隊の特訓で、そんな暇はありませんでしたよ」

「またまた、この色男が……。夜の街の特訓か」

人なつこそうな目をした司令が笑う。が、急に真顔になると、

「ところで、新しい『武器使用基準』は、海幕からもらったかな」

さっそく仕事の話だ。

「あ、はい。早い時期に、海幕から特別便で送ってきて、幹部には十分精読するよう、指示してあります」

その「武器使用基準」は、まず晋悟自ら通読して副長に渡し、主要幹部に回覧するよう指示をした。

そしてそれは、艦長室の金庫に収納してある。

「うん、もう勉強してもらったと思うけど、見てのとおり『武器使用基準』が緩和されたと

はいえ、なかなか厳しいな。最後は指揮官の判断ということになるようだな」

この司令も同じ考えだ、と晋悟は思った。

「で、おれの考えは追々話すつもりだが、一番大切なことは絶対隊員に犠牲者を出してはいけないということだ。この一語につきる。しかし、かといって初めから相手に危害を加えることはできんし、その兼ね合いが難しい」

今年の春、隊員に犠牲者が出たのは前の司令のときで、その後「武器使用基準」が改正され、今の司令が派遣された。

「それと、海賊どもに海自のやり方が変わったぞ、と知らしめることが大切なんだ。今までの海自とは違うぞ、ということをな」

これも晋悟が考えていたことと同じだ。だが、それをどうやって知らしめるか、なのだが……。

「そこで各艦長に言っているのは、言葉は悪いがなるべく派手にやれ、ということだ。相手に危害を与えないように実弾を撃って、まず気構えを見せることだ」

これも晋悟と大体同じである。

（この司令の下なら、あるいは……）

晋悟の頭は、急速に回転しだした。

晋悟は前回、そう昨年の話だが、海賊退治は消極的なプレゼンスや未然防止じゃだめで、能動的にやるべきという主張をして、その根拠地となり得る無人島などの探索を上申したが、当時の司令に却下された経緯がある。今度の司令なら、あるいは賛成してくれるかも知れない……と、思いついたのである。

司令の話が続いていた。

「しかし、ここのところ連中も巧妙かつ大掛かりになってきてね、おれが来てから二度ばかり貨物船とタンカーが襲われたが、いずれも取り逃がしてしまった」

「どのような手口だったんですか」

晋悟の疑問である。

「うん。いずれも高速小型船で夜間狙った船に近づき、乗組員が知らない間に船橋を占拠されるという手口は従来と変わらないんだがね。あとが違う」

襲われた二隻の船はいずれも日本船籍で、タンカーは中東から石油を満載して日本に向かうところだった。マラッカ海峡を避けて、スンダ海峡を選んだのがかえって仇になった。スンダ海峡を抜けてジャワ海に入ったところで襲われたのである。

乗組員はそのまま拘束された。操船は海賊の命ずるままに名もしらぬ島陰に投錨させられ、まもなく現われた油船数隻に、石油を全部もっていかれたという。

一方、日本から中東方面へ輸出する電気製品を搭載した貨物船が、今度は南シナ海からマラッカ海峡へ向かうコースをとっていてやはり襲われた。

タンカーと同様に、乗組員は海賊の指示のとおり船を運航し、同じく見知らぬ島陰で投錨させられて待つほどに、数隻の中型船が横付けして積荷をすべて持っていかれたというのである。

特徴的なのは従来もそうだが、抵抗さえしなければ乗組員に決して危害を加えないということであろう。

(やはり、バックに大きな組織があるな……)

晋悟は、司令の話を聞きながら思った。

「連絡を受けたときは、もうとっくに海賊は逃げてしまっている、ということですか」

晋悟が質問した。

「うん、そうなんだ。連中は、船橋と同時に通信室も押さえて、外との連絡をシャットするもんだから、あまりにも時間が経ちすぎていてね、油や積荷を奪った船もどこへ行ったか皆目分からない。それにどうも、初めから狙う船を決めていたようなんだ」

晋悟は、大きくうなずいた。

「司令、昨年も感じたんですが、彼らの情報網はすごいんじゃないかと思います。我々の艦の行動もバッチリ把握されていましたから。報告書にも書きましたが、バックに大きな組織があるように思います」

「うん。君の言うとおりかもな」

「そこで、実は司令にお願いがあるのですが……」

晋悟は、昨年も同じことを申し上げたのですが、と前置きして、襲う海賊船はいずれも小型で高速であることから、行動半径はそんなに大きくないこと、ということは、彼らが海賊行為をする近辺にその小型船の基地があるのではないか、それも何箇所か複数の可能性があること、そしてそれは無人島に違いないことなどを述べて、

「海から見て無人島と思われる島を探索したいのですが、沿岸国にその働きかけをお願いできないかと思いまして……」

特に相手の手口が巧妙かつ大掛かりになってきた今、現場を捕まえるのはいよいよ難しくなってきたことから言っても、できれば海賊を能動的というか積極的に捕まえたい、とつけ加えた。

「うーん……」

晋悟の話を真剣に聞いていた司令は、腕組みをしてしまった。

「なかなか難しいことだが……、しかしこれはやってみるべきことかも知れんな」

司令は、もう一度腕を組みなおした。

「特に向こうからの要請でやってきた、他ならぬ〝南海の虎〟の申し入れなんだからな、沿岸諸国も重く受け止めてくれるかも知れん」

司令が、続けた。

「うん、よし。領事館に話をしてみよう。しかし、大々的にやるのもなんだから、とりあえず君のところだけということか。どのくらいの人数を考えている？」

司令のご下問である。

「あ、はい。もし許可をいただけましたら、私が率いる臨検特別隊十名だけで上陸するつもりです」

「あー、そうだ。君のその〝臨検特別隊〟とやらは、前に話を聞いていたが、今回も編成しているのか」

「はい、すでに編成しています。よろしければ、海賊船にも向かいたいと思っています」

「うん。それは艦長のやり方だからあえて言わんが、上陸の方は十名ぐらいで大丈夫か」

「えー、まだ具体的に行動計画は立てていませんが、隠密裏の方がいいかと思っています」

「うーん。まあ十分気をつけてくれ。領事館に話す前に、海幕にはおれから連絡しておくよ」

「有り難うございます。ところで司令、襲われた二隻の日本船籍の船は、海賊にその行動を知られていたと考えていいのでしょうか」

「うん、そうとしか思えないんだ。あまりにも手際がいいからね」

「逆に我々が、運航船舶の計画を入手することはできないでしょうか。せめて日本船籍の大型船だけでもその行動予定が分かれば、我々も的を絞ることができると思うのですが」

「うん、なるほどな。それは、あるいは簡単に手に入るかも知れん。いや、今まで気付かなかったな。よし、これも当たってみよう」

「何か、来た早々いろいろ申し上げて申し訳ありません」

晋悟の正直な気持ちだった。昔のなじみなのでつい気安く話してしまう。

「いや、そんなことはない。いろいろアイディアを出してもらって、こっちも助かる。何と言っても〝南海の虎〟だからな、なあー、あかつき艦長」

同席していた、あかつき艦長に話しかけた。

「いえ、そのとおりです」

今まで黙っていた、あかつき艦長が初めて口を開いた。

「ついでと言ったら何なんですが……」

晋悟は、続けた。

「哨戒計画などは、昨年のとおり踏襲されていると聞きましたが、こちらの情報が彼らに知られている以上、もう少し柔軟性を持たしたら如何かと思うのですが」

「ああ、それは言おうと思っていたんだ」

司令が、すぐに反応した。

「確かに基本計画は、当初の司令以来代々踏襲してきている。これは、沿岸国との調整でもあるしね。しかし、おれが来てからはもっと柔軟性を持たして、各艦長所定で大幅の変更もよしとしているんだ。領事館を通じ、沿岸国の了承もとってある」

「あーそうでしたか、それは失礼しました。とくに日本船籍の大型船の行動が分かれば、それを中心とした哨戒行動になると思いますし、無人島の探索が可能となればそれなりの行動計画となると思いますので、よろしくお願い致します」

晋悟は、頭を下げる仕草をした。

「うん、さっそく領事館に当たってみよう。無人島と日本船の件はな」

司令が確約してくれた。晋悟は、思っていることを全部話すことができ、満足だった。

後は雑談に移り、あかつき艦長も話題に入ってきた。「あかつき」は任務を終え、明後日日本へ向け出港することになっている。

「そうそう、肝心なことを言うのを忘れていた。亀さん、今夜はとくに予定はないな。あかつき艦長と三人で軽く一杯やるか。彼の送別会と君の歓迎会を兼ねてな」

「あ、はあ……」

晋悟は、やや曖昧な返事をした。が、司令はもう決めたような口ぶりだったので、それに従うことにした。

二

「シンゴ！」

その店に入るなり、ママさんが驚いたように叫んだ。

「アーユー、リアリィ、シンゴ？」

英語はどうも面倒なので、日本語で記すこととする。

「ミンユー、久し振り。晋悟そのものだよ」

ここは、ペナンの繁華街からちょっと離れた、静かなたたずまいの、日本でいうならスナックというところだろうか、ちょっとしたカウンターと奥にはソファも置いてある。

カウンター内には、ミンユーと呼ばれたママさんと、他に若い女性が二人いた。若い女性は昨年も二人いたが、顔ぶれが変わっているようだ。奥のソファでは、東洋系の客二人が顔を近づけて何か話をしていた。

カウンターには誰もいなかった。

「シンゴ、ビールでいいの？」

カウンターの端の止まり木に着いた晋悟に、ミンユーが聞いた。

「あー、そうしてくれ」

ペナンに来て三日目の夜である。あかつき艦長からは十分に申し継ぎをしてもらって、その「あかつき」は今朝、日本へ向けて出港していった。

当然のことながら、司令は「ふゆづき」に移乗している。もっとも旗艦「はぐろ」の入港までだが……。

このスナックは、昨年子飼いの部下の真田隼人が艦長用に見つけてくれた所で、以来晋悟にとって〝行きつけの飲み屋〟になってしまった。それも、子飼いの部下とくるとき以外は、たいてい一人で訪れる。

晋悟には実は思惑があった。このように人が集まる所には、海賊に関する情報も入るのではないか。そして、英語をはじめ沿岸諸国の言葉や中国語にも堪能なここのママさんに、その期待を込めて頼んでみたのである。お客との会話で、何か気がついたことがあったら教えてほしいと。

ところがである。

（ひょっとして、彼女は海賊の一味……？）

と、晋悟が一時疑ったほど、詳細な情報を集めてくれたのだ。

晋悟は心配になって問い質したところ、彼女は笑って、金を使って情報屋から入手したという。晋悟はそれを信じることにした。

「シンゴ、ちょっと外へ出てみない」

たわいのない会話をして、晋悟がビール一本を飲み干したところでミンユーが言った。

「あー、いいね」

と答えながら晋悟は、

（こりゃ、ミンユーに何か話がある……）

と、直感した。

二人が向かったのは、昨年も何回か行ったことのあるクラブである。

重厚なドアを開けて中に入ると、ムーディな音楽が耳に飛び込んできた。長身のボーイがスーッと現われて、二人を隅のテーブルに案内してくれた。テーブルの周りには観葉植物が置いてあって、他のテーブルが見えないようになっている。その夜は空いていた。それでもあちこちに人の気配がし、真ん中のフロアでは一組のカップルが踊っていた。

テーブルについてボーイが注文を聞いて去るのを待っていたように、ミンユーが顔を近づけて、

「シンゴ、よく来てくれたわね。でも危ないわ」

晋悟の目を食い入るように見つめながら、声を潜めた。

「なに……？」

晋悟は、ミンユーの言葉の意味がとっさに分からなかった。

「昨年シンゴが帰国して、しばらくは彼らも静かだったけど、そのうち活動し始めてここのところずいぶんと被害が出ているでしょう。それでまた、あなたが来ることになった」

ミンユーの言う「彼ら」は、海賊のことであろう。

「うん。一応そういうことらしいな」

「彼らは、早くからあなたが来るのを知っていたみたいよ。そして、今度はシンゴあなたを抹殺せよとの指令が首領から出たみたい」

「おれをか……」

そのとき、ボーイが注文したカクテルグラスをもってきたので、話は中断されたが、彼が去ると、すぐミンユーが続けた。

「そう。ザ・タイガー・オブ・サザーン・シーをよ。だから、DD119も狙われるかも知れない」

「おいおい、おれの艦をか。海賊が軍艦を攻撃するなんて、聞いたことがないな」

「もちろん、隠密裏によ。停泊中のあなたの艦に、水中から爆発物を取り付けるかも知れないわよ」

（なるほど。そのようなこともあるか……）

晋悟の胸のうちには、また昨年と同じ疑問が頭をもたげてきた。

（それにしても、彼女はよく知っている……）

このことである。

「でも、これはあくまで風聞だから、そんなに気にすることはないかも知れないけど……」

晋悟の心を察したのか、ミンユーがちょっとトーンを下げた言い方をした。

「前にも言ったように、闇の情報屋が金で教えてくれるのよ。それも、最近は向こうから売り込んでくるの」

「じゃ、その金も馬鹿にならんなあ」

「シンゴのためなら、いいわよ」

と言って、ミンユーは笑って、続けた。

「でも、やはり気をつけた方がいいわよ。夜、一人で歩くのはやめた方がいい。あの屈強な部下たちがいるじゃない。彼らを護衛につけなさいよ。この街は平和で警察の力も強いから、相手もピストルを使うのは難しいと思うけど、他の手段でおそってくる可能性はあるわよ。シンゴ、気をつけてね」

「心配してくれて有り難う。せいぜい注意するよ。いや、貴重な情報を本当に有り難う」

晋悟の正直な気持ちだった。

「シンゴ、踊りましょう」

ミンユーは、話したいことは全部終わったのか、リラックスした顔になって晋悟を誘った。

晋悟は、テーブルから離れてミンユーを抱き寄せながら、思わずまわりを見回した。

「しかし、このおれと一緒のところを彼らに見られたら、君も危ないいんじゃないか」

ミンユーの耳元で、晋悟はそっとささやいた。

「大丈夫よ。だってお客さんと一緒で、何が悪いのよ」

ミンユーは、言いながら笑った。

その夜、晋悟が帰艦したのは、深更をとっくに過ぎた時間帯だった。ミンユーは、念のためと言って、帰るときにタクシーを呼んでくれた。

（他の手段で襲ってくるか……）

晋悟は、帰りのタクシーの中でミンユーの言葉を思い出していた。

（まさか……）

と思いながら、思わず車の後ろの窓から外をのぞいた自分が可笑しかった。

三

ドアをノックする音がして、隼人が顔を出した。

「艦長、お呼びですか」

「あー、隼人。まあ座ってくれ」

晋悟は、艦長室の机に向かって書類を見ていたが、ソファの方へ隼人を誘った。

艦長室は、艦橋から階段を二つ降りた右舷側に入口がある。左舷側にも入口があるが、そこは艦長室とまったく同じ作りの司令室だ。すなわち、艦橋のすぐ下のフロアの右舷側が艦長室のスペースで左舷側が司令室のスペースとなる。ちょうど艦橋の右舷側に艦長用の椅子があり、左舷側に司令の椅子があるのと同様にである。

艦長室の入口を入るとそこは執務室になっている。正面の壁側に執務用の机が壁に向かってあり、その上に丸い舷窓がついている。航海中は、他のハッチや艦内に入るドアと同様丸い鉄板で覆われるが、停泊中はそれが開けられ、ガラス窓を通して明るい光がさしこんでくる。入口を入ってすぐ右側に、ソファと低いテーブルが置いてある。艦長を含めて六人ぐらいは座れようか、ちょっとした会議や客人用である。

入口の左側から執務室の隣に行けるようになっていて、そこは艦長用のベッドルームと浴室、洗面台、トイレなどがある。

晋悟は、隣の部屋の冷蔵庫からジュースの缶を二つ取り出して、

「実はな……」

と言いながら、ソファに腰を下ろした。

隼人は軽く頭を下げながら、晋悟が差し出したジュース缶を受け取って開けた。

「昨夜、例のスナックに行ってな……」

晋悟は、ミンユーに会ったことや彼女から聞いた情報をすべて話した。昨年からそうだが、子飼いの部下には、ミンユーのことについてすべてを話しているが、副長をはじめその他の幹部には一切話していない。司令ももちろんである。

「そこでだ……」

昨夜寝ながら考えた、ある計画を説明した。

すべてを話し終わって、晋悟は付け加えた。

「これは、あくまで想定の範囲だがな、しかし可能性としては十分考えられる」

「分かりました。さっそく熊谷と相談してみます」

晋悟の話をうなずきながら真剣に聞いていた隼人は、力強く答えた。

「うん、頼む」

熊谷は、晋悟の子飼いの部下の一人、三分隊応急員の熊谷三曹のことである。

艦長の話は終わったと思い、隼人は
「ジュースご馳走になりました」

と言って、艦長室から出て行った。

これより先、晋悟は朝の食事のあと、副長と今後のことについて話し合った。というよりは、司令のご意向を含め艦長の方針を伝えたのである。

その際、一般情勢として海賊どもが本艦を攻撃目標とすることもあり得ること、したがってとくに停泊中、それと島陰などに錨泊したときに監視、警戒を厳重にしてもらいたい旨告げるとともに、行動予定はすでに決まっているとおり、明後日「はぐろ」が入港してきたら申し継ぎを受けて、夕刻「東方哨戒」のため出港すると言った。

「そこでだ、副長」

晋悟は、ちょっと笑い顔になって、

「今回もさっそくどこかに錨泊して、一年ぶりに〝釣り大会〟をしたいと思うんだがどうかな」

とたんに真面目顔の副長が破顔した。

「いいですね。艦長、ぜひやりましょう」

そして、身を乗り出すようにして、

「実はですね、艦長。昨年艦長の釣竿をお借りして以来、すっかりとりこになりまして、帰国してからさっそく竿を買ったんですが、なかなか機会がありませんでしてね。でも今回道具だけは持ってきたんですよ」

副長の話に熱が入ってきた。

「ほー、それはいい。乗員も半分代わっているんで、竿を持ってきてないのもいるかも知れんな。でも今日、明日とまだ上陸もあるし、街で買うこともできるだろう。またこのお国の外貨獲得に協力することになるか」

と言って、晋悟は笑った。

「はい、分隊整列のときに皆に達しておきます。あー、その前にCPOに言っておかないといけないですね」

急に副長が腰を浮かしかけた。

CPOは、Chief of Petty Officer の略で、「先任海曹」のことである。米海軍からの輸入語だ。

「あー、私の話は以上だ。どうぞ。朝の忙しいときに済まなかった」

「は、失礼します」

副長は、そう言うとあたふたと士官室を出て行った。

分隊整列は、朝八時に自衛艦旗を掲揚したあと、後部甲板で行なういわば日課行事である。

当日の当番の海士が吹き鳴らすサイドパイプに引き続き、

「ぶんたーい、せいれーつ！」

と叫んだあと、小さな台の上に立った副長に対し、各科長が報告する。

「第一分隊、砲雷科！」

砲雷長が副長に敬礼しながら報告する。

同様に、第二分隊、船務科・航海科。第三分隊、機関科。第四分隊、補給科・衛生科。第五分隊、飛行科。と、各科長が報告するのである。

ここで、副長の達し事項がある。これは、艦としての予定や重要事項、注意事項などである。その後、副長の「かかれ！」の令で今度は、各分隊（科）ごとの話となる。ＣＰＯの分隊先任や警衛海曹で話があればこの場を使う。さらに各班ごとに移り、班長から仕事の段取りや詰めの話がある。いわば、一日の始まりの打ち合わせである。

艦長は、原則この整列には出ない。

しかし晋悟は、自衛艦旗掲揚が終わってもすぐ艦長室へ帰るのではなく、ときとしてこの整列の後ろの方にいることがあった。副長や各科長が話しているのを、聞くとはなしに聞くのもうしろめたいが、全乗員の顔を見る機会にもなるのである。

が、この日はまっすぐ艦長室へ向かった。

すると間もなく、

「幹部集合、士官室!」

の号令が入った。

晋悟が朝食後副長に指示したことを、副長が幹部総員に伝えるとともに、その内容の詰めを行なうに違いない。

艦長は、英語でCommanding Officerといい、副長はExecutive Officerという。艦長が命じ（Command）、副長が執行（Execute）する任務を端的に表わしている。

晋悟は、昨年以来このやり方できたが、田上副長はよくついてきてくれた。彼の実直さが忠実な艦長補佐役として実り、彼の老練さが艦長の意を体した執行官としてよく士官室のまとめ役を演じてくれているのである。晋悟は、満足だった。

しかし、「臨検特別隊」に代表されるように、晋悟は必要なとき自ら先頭に立って指揮することもあった。昔から海軍で言われている「指揮官先頭」を地でいくことも、晋悟のやり方のひとつだったのである。

暗躍

一

「総員起こし、総員寝具納め！」

かつての海上自衛隊の、起床ラッパに続く朝一番の艦内号令である。もちろん旧海軍からの伝統だ。すでに艦内すべてが、ハンモックをたたむ作業のいらないベッドになっているにもかかわらずである。

ところがある時期、ある高官が――たぶん海軍の歴史をあまりご存じないご仁と思われるが――「なんだ、この旧態然とした号令は！」と言ったかどうかは定かでないが、以後艦内号令詞が変えられてしまったらしい。なんとも味も素っ気もない、そして歴史も潮気も感じられないものにである。

今日、世界の多くの艦船が日常使用している操舵号令は、ポート（左舷側に舵をとること）とスタボード（右舷側に舵をとること）だが、これはその昔、海賊が敵の港（port）に強襲横付けするのに左舷側を着けるのを常とし、そのとき大切な舵（steering board）は、横付け時の損傷や敵の攻撃から守るために、右舷側に装備していたことに由来するといわれている。

これこそ何百年いや千年以上の伝統が今も息づいており、そこには単なる一人の思いつきや感情では変えることのできない、歴史の重みを感じさせられるのである。

ちなみに、海自の艦船は海軍と同じ「面舵（〝おもーかーじ〞と発声し、右舷側に舵をとること）」と「取舵（〝とーりかーじ〞と発声し、左舷側に舵をとること）」を使用している。

蛇足が長くなったが、話を戻そう。

「総員起こし」に続く号令が「総員、体操用意」である。

晋悟は、この号令で必ず上甲板に出ることにしている。前の日、どんなに遅く帰艦した場合でもである。

「お早うございます！」

若い乗員が、艦長にあいさつしていく。

「やあー、お早う！」

晋悟は、一人ひとりあいさつを返す。

三日前の朝まで一緒に岸壁に着いていた「あかつき」は、もう出港していない。岸壁には「ふゆづき」だけ一隻が取り残されたように停泊している。

南国とはいえ、早朝の海の風は清々しい。晋悟は、空に向かって思い切り深呼吸をした。その見上げる「ふゆづき」のマストの右舷側のヤードに、三角形をした旗がひとつ海からの風にそよいでいた。司令の「不在旗」である。

海自では座乗している指揮官が、現在艦内にいない場合「不在旗」を掲げることになっている。これも海軍からの伝統だ。隊司令をはじめ、群司令、艦隊司令官などの不在旗は同じデザインでいずれも右舷側のヤードに掲げる。艦長の不在旗は同じく三角形をしているが、デザインがやや異なり、そして左舷側のヤードに掲げるのである。

昨年までは、海峡派遣部隊指揮官の司令は、旗艦が哨戒にでるときも乗艦しており、必要に応じ隊付を領事館に残して調整をさせた。だから領事館に隊付一名分の机だけを設置してあったのである。

ところが今年に入って、領事館や沿岸諸国との連絡、調整事項もだんだん増えてきて、司令部が艦で出港してしまうと調整がなかなかうまくいかない事態も多くなり、必要に迫られるように司令部が領事館内に一室を構えることとなった。

その部屋には、司令と隊付三名の机も設置されて、いわば司令部が陸上に上がったのである。でも司令部の寝食については、そのとき岸壁に接岸している護衛艦が面倒を見ることとされ、必然的に隊付たちは領事館と岸壁の頻繁なる行き来を余儀なくされた。

もともと護衛隊司令の幕僚は「隊付」と呼ばれる一等海尉クラス一人だけなのだが、この「マラッカ海峡派遣部隊」では、調整事項が多くあるため三名の隊付がつけられている。そこで呼び名は便宜上先任順に、隊付A（アルファー）、隊付B（ブラボー）、隊付C（チャーリー）とされている。司令は時として「隊付」を省略して、

「おい、ブラボー！」

などと呼ぶこともある。

司令部には他に六〜七名の海曹がいて、それぞれの職掌に長けた一等海曹または海曹長が配置されているのだが、今回の場合彼らは陸上に上がらず、旗艦「はぐろ」にそのまま乗艦して業務を行なっている。

このような情勢の中、領事館が気を利かして、司令用にホテルの一室を確保してくれたのである。司令の「不在旗」が揚がっている理由の説明のために長文を労してしまった。

体操が終わって、晋悟は艦長室へ向かった。

（さあー、いよいよ出港か……）

今朝「はぐろ」が東方哨戒から帰ってくることになっている。そうしたら、東方哨戒に関する情報を得て、夕刻今度は「ふゆづき」が東方哨戒に出る。

（さて、〝釣り大会〟が彼らの耳に届いただろうか……）

晋悟は、ミンユーから情報を得たあの晩、帰艦中のタクシーの中と、帰ってから寝るまでの間に思考を回転させ、翌朝目覚めたときには考えがまとまっていた。そして、副長に指示を与えるとともに、隼人に「ある計画」を伝えたのである。

ミンユーの話は、はじめあまりにも唐突に感じられた。しかし、よーく考えてみると十分あり得ることで、自分が海賊の首領の立場だったら、むしろ当然の行動方針なのかも知れないと思うようになった。

自分たちにとって脅威と感じている「南海の虎」である。その「南海の虎」が再びやってくるというのに、手をこまねいている法はない。

それに昨年も感じたが彼らの驚くほどの情報網である。ミンユーの言った、いち早く「南海の虎」がやってくることをつかんだのも、おそらく本当だろう。ということは、

（〝ふゆづき〟は常に監視されている……）

と考えたほうがいい。

「ふゆづき」が「釣り大会」をするという情報も、乗員が街に釣竿を買いにいけば、すぐに彼らの耳に入る、と晋悟はみた。さらに釣り大会のために島陰などに錨泊すれば、それは攻撃する側にとっては、絶好のチャンスに違いない。

（彼らは、必ずやってくる……）

晋悟は、確信していた。

「入ります！　艦長、司令まもなく帰られます！」

副直士官が、ノックと同時に顔を出して報告した。領事館から電話で知らせてくれたのだろう。領事館は、司令用に乗用車も一台張り付けてくれている。

「あー、有り難う」

晋悟は応えながら、鏡で服装を見、正帽を被って舷門へ向かった。

艦の勤務は、艦が中心である。だから、艦から出るときは「出艦」で、艦に帰ってくるのは「帰艦」という。これは、母港に停泊していても同じで、自宅から艦に出勤するときもあくまで「帰艦」であり、一日が終わって夕方自宅に帰るときも上陸であり、「出艦」なのである。

「ホーヒー、ホー」

当直海士（当番）の吹き鳴らす号笛の中、司令が艦長以下当直士官、副直士官、当直海曹の敬礼に答礼しながら、舷門を入った。

「お早うございます！」

晋悟のあいさつに、

「やー、お早う！」

と、司令が応えながら、

「久し振りに艦の朝飯を食いにきたぞ」

と、笑った。

士官室に入ると、司令はそのまま席についた。今まで晋悟が座っていたテーブルの端の艦長の席である。必然的に晋悟は副長の席に座り、以後一番ずつ順に移っていくのである。なお、艦橋の椅子と同様に司令の椅子には赤色のカバーが、艦長の椅子には半分赤で半分青のカバーがかけられている。

副長以下幹部は、すでに席についていた。

士官室係の海士が司令のところへ味噌汁の椀を持ってくると、

「じゃ、いただこうか」

と司令が言って、自分の碗にお櫃からご飯をよそい、箸をとった。

それを合図に、皆一斉にお櫃から飯をよそい始める。司令と艦長用にはそれぞれ小さなお櫃があるが、副長以下幹部のところには四人に一つ大きなお櫃がおいてあり、先任順によそっていく。

「いよいよ、出港だな」

と、司令。

「はー、後ほど哨戒計画を報告させていただきます」

と、晋悟。

「うん。どうせ〝はぐろ〟が帰ってきたら報告があるだろうから、そのとき一緒に聞こうか。はぐろ艦長も君の哨戒計画を聞いておいた方がいいだろうし、何か特別な策があるかもしれんしな。なんと言っても〝南海の虎〟だからな」

と言って、司令はまた笑った。晋悟は、苦笑いをしながら、

「報告のときに申し上げようと思っていたのですが、哨戒の最後の方で一晩島陰に錨泊させていただいて、〝艦内釣り大会〟をやりたいと思っています。司令のご了承をいただきたいと思いまして……」

「あー、それは艦長所定で適宜やってくれ。他の艦もときどき錨泊しているようだよ。別に休んでいるわけじゃなくて、その間も監視の目は光らせているんだからな。しかし、釣り大会はいいね。乗員も喜ぶだろう」

「ええ、結構士気が揚がります。なー、副長」

「は、はい。私も、昨年初めて釣りなるものをやりました」

今まで黙々と口だけ動かしていた副長が、急に喋りだした。

司令も話し上手、聞き上手で、話はつぎつぎと移っていって、士官室は和やかな雰囲気につつまれた朝の一時だった。

士官室の雰囲気を作るのは、まさしく司令や艦長たる指揮官の所作ひとつなのである。

二

やや曇りがちのはっきりしない天気のなか、五インチ砲二門が前甲板にある特徴的な艦型の「はぐろ」が、ゆっくりと入港してくるのが見えた。

副直士官からの報告を受けて、艦橋に上がってきた晋悟は、懐かしいその艦型に目を細めた。永年、群の旗艦を務めてきた四隻のＤＤＨの一艦である。艦齢を重ねてきて、一万三千五百トンの新鋭ＤＬＨに群の旗艦を引き継ぎ、新たに特措法にもとづく旗艦として派遣されてきている。

はぐろ艦長は、東京の私大を卒業して江田島の幹部候補生学校に入隊してきた温厚な紳士、幹部候補生学校の期で晋悟の二期先輩である。身近で一緒に勤務したことはないが、晋悟にはもちろん面識がある。

まもなく、司令も艦橋に上がってきた。

入港に伴う岸壁への接岸は、艦長自ら操艦するのが慣わしになっている。いわば、艦長のお家芸といえようか。

ところが米海軍では、横付けは入港間際に乗艦してくるパイロット（水先案内人）に任せることが多い。これは、航空母艦などの艦長は、元来の船乗りではないパイロット（艦載機操縦出身者）がなることが多いことに起因するのかも知れない。艦長の腕の見せどころは横付け作業などではなく、洋上における艦載機の運用を含めたオペレーションにある、ということなのか。

日本では旧海軍からの伝統で、操艦で最も難しい横付け作業をこなしてこそ、洋上における戦闘行動も自由自在に艦を繰ることができる、という考えに違いない。

お国柄の相違か……。

まもなく「はぐろ」は、艦長が操艦して「ふゆづき」の右舷にスマートに横付けした。

「やー、ご苦労さん」

「ふゆづき」の士官室で、司令が報告にきた、はぐろ艦長にねぎらいの言葉をかけた。

「ただいま帰りました。異状ありません」

はぐろ艦長が、書類を手に入ってきた。舷門に迎えに出ていた晋悟が後に続いている。

「どうかな、東方哨戒の海域は」

司令のご下問である。

「まったく静かですね。おおむね基準のコースどおり哨戒をしてきましたが、変わったことはありませんでした。海賊どもは鳴りをひそめているんですかね」

「〝南海の虎〟が来たってんで、恐れ入ってるんじゃないか」

司令が、晋悟の方をチラッと見て、また冗談を言った。

「えー、それでは報告します」

はぐろ艦長が、A4用紙一枚の報告書を司令と晋悟の前において言った。

東方哨戒の基準コースは、昨年と変わっていない。というよりは、昨年作られた「哨戒計画」そのものが変わらず継承されている。

その基本計画は、哨戒を大きく「西方哨戒」と「東方哨戒」の二つに区分している。

西方哨戒は、ペナンを出港して西へ針路をとり、マラッカ海峡の西の入口方面へ向かう。そして、アンダマン海のニコバル諸島付近を巡回して再びマラッカ海峡に戻り、今度は東航、シンガポールをかわって南シナ海に入り、主要航路付近を哨戒しながらナトゥーナ諸島付近まで北上する。

そこで反転南下し、ガスパル海峡を経てスマトラ島とジャワ島の間のスンダ海峡を遊弋して再び反転、マラッカ海峡の東の入口へ向かってペナンへ帰るというものである。この間の所要日数、約十日間である。

東方哨戒は、ペナンを出港して東へ針路をとり、マラッカ海峡の東の入口方面へ向かう。シンガポールをかわって南下し、カリマタ海峡からジャワ海に入って、ジャワ島の北側沿岸を哨戒しつつ、ロンボク海峡に至る。

バリ島とロンボク島の間のロンボク海峡を遊弋した後、さらに針路を東にとり、フロレス

フィリピン
サマール島
パナイ島
レイテ島
南沙諸島
(スプラトリー諸島)
パラワン島
ネグロス島
南シナ海
スールー海
ミンダナオ島
ダバオ
ブルネイ
セレベス海
マレーシア
ボルネオ島
(カリマンタン島)
スラウェシ島
(セレベス島)
インドネシア
ジャワ海
マカッサル
カリムンジャワ諸島
バンダ海
フロレス海
カンゲアン諸島
ジャワ島
サパラナ諸島
ポスティリヨン諸島
バリ島
ロンボク海峡
東ティモール

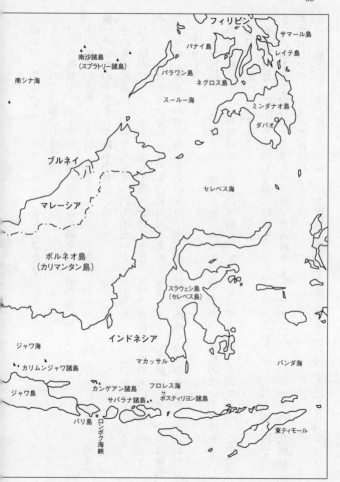

ミャンマー
カンボジア
ホーチミン
ベトナム
アンダマン諸島
アンダマン海
タイランド湾
タイ
プーケット島
ニコバル諸島
ペナン
マラッカ海峡
マレーシア
メダン
クアラルンプール
ナトゥーナ諸島
アナンバス諸島
シンガポール
タンベラン諸島
スマトラ島
リンガ諸島
ガスパル海峡
カリマタ海峡
インドネシア
ジャカルタ
スンダ海峡
インド洋

海あたりまで足を伸ばして反転、ジャワ海を哨戒しつつマラッカ海峡に入り、ペナンに帰投するというものである。所要日数は、同じく約十日間である。

両哨戒とも、出港日を入れると十一日目の朝ペナンに帰投し、今まで停泊していた艦に必要情報を提供したのち、五日間停泊して補給と乗員の休養などにあたる。

今まで停泊していた艦は、その日の夕刻までに出港、情報を提供してくれた艦と同じ哨戒海域へ向かう。これの繰り返しで哨戒を行なうのだが、するとほぼ常時二隻が哨戒していることになる。それも西の方面に一隻、東の方面に一隻である。

はぐろ艦長の報告が終わった。

「うん、分かった。ご苦労さんでした。ゆっくり休んでくれ。といっても、毎日結構忙しいか。じゃ、亀さんの報告を聞こうか」

司令が、晋悟の方を向いて言った。

「はー、とくに報告書は作っていません。本日夕刻早めに出港します。そして東方へおおむね基準コースどおり哨戒するつもりです。で、今朝ほどちょっと申し上げましたとおり、後半の方でカリムンジャワ諸島またはカンゲアン諸島あたりで一晩錨泊して〝艦内釣り大会〟をやらせていただきたいと思います」

司令は、黙ってうなずいている。晋悟は続けた。

「これは杞憂かも知れませんが、一般情勢として海賊側が攻勢に出てくることも、あるいはあるかと思いまして、島陰に錨泊したときは警戒、監視を怠らないようにしたいと考えています」

「海賊が攻勢にか」

司令がちょっと不思議そうな顔をした。

「あり得ないと思いますが、念のためと思いまして……」

「うん、まあ警戒、監視は常にやらなきゃならんことだしな」

晋悟の報告が終わり、後は雑談に移った。

はぐろ艦長は「艦内釣り大会」に興味を示したので、晋悟は昨年の大会の模様などを話した。平凡な哨戒が続くと、どうしても艦内の空気が弛緩してくるので苦肉の策です、と付け加えるのも忘れなかった。

実は、晋悟は前に司令にお願いしていた無人島の調査の許可と日本船の行動予定の入手の二つについて、無人島の方はまだ無理としても日本船の件は司令自身「簡単に手に入るかも知れない」と漏らされていたので期待していたのだが、特に話がなかった。また晋悟も、催促がましいのであえて聞かなかったのである。

「司令、出港します！」

ウイング越しに隣の艦の司令に敬礼をすると、晋悟は「出港用意」を令した。

その日の夕方、昨年もやったように「はぐろ」乗員の上陸時間をディスターブ（妨げる）しないように、「ふゆづき」は早めに出港した。

マラッカ海峡は、相変わらず行き交う船が多い。大型のタンカーや貨物船は、すれ違う「ふゆづき」に対し、掲げている国旗を一時的に降ろす敬礼をして行く。そのつど、

「後部答礼！」

と、艦内マイクが入り、後部見張員が自衛艦旗を一度降ろしてすぐ揚げる答礼をする。

晋悟は、再びマラッカ海峡へきて初めての出港であり、基本計画のとおり哨戒をすることにした。これは、士官室のメンバーも半分交代しており、幹部に知らしめることがもちろんメインではあるが、実はもう一つ晋悟には思惑があった。

（海賊の一味が、小型船で尾行してくるのでは……）

このことである。

彼らは、海自の「哨戒計画」の基本コースを熟知している、と考えていい。昨年の豪華客船の人質奪還と海賊の逮捕は、まさしく「ふゆづき」がコースを変更したために成就したのである。そのときの海賊のリーダーに「ザ・タイガー・オブ・サザーン・シー」は、フロレス海にいるはずじゃなかったのか」と悔しそうに言われたとき、晋悟は愕然としたものである。

マラッカ海峡の東端のリンガ諸島をかわって、ナトゥーナ海に入った出港から二日目の夕食後、晋悟は副長に、

「ちょっと部屋まできてくれるか」

と言った。

副長は晋悟のあとについてきながら、艦長室に入る際「入ります」と言って入ってきた。もう習い性になっているのだろう。

「実はな……」

晋悟は、副長にソファに座るよう手で示しながら、話し出した。

艦内釣り大会の夜、というよりは深夜だろうが、水中から海賊の一味が襲ってくる恐れがあること、それは一～二名であろうこと、その対処に運用の真田二曹と応急の熊谷三曹、それに応急員二名を当たらせること、海賊側は「ふゆづき」の出港から監視するだろうこと、などを晋悟はかいつまんで述べ、

「そこでだ、今以降レーダーで一定距離で〝ふゆづき〟についてくる小型目標を見張らせてもらいたいんだ。ただこのことは、実際に当直につくレーダーマン以外内密にしてもらいたい」

と、告げた。

唖然とした顔の副長が、晋悟の顔を何か不思議なものでも見るような目で見ながら、

「これは、おとり作戦ですか」

と、聞いた。

「うん、まあ、そんなものかな。しかしあくまで仮想のことだからな」

と、晋悟。

「いや、艦長には確信がおありなのじゃないですか。そうでなければ、こんなに周到に計画的にはできないのでは……」

最後の方は、副長の独り言の呟きのように聞こえた。

「話は以上だ。さっそく捜索をさせてくれ」

「は、はい。分かりました」

我に返ったように、立ち上がった副長に、

「しかし、あくまでも内密にな」

と、晋悟は笑いながら言った。

晋悟は、まだそうなるかどうか分からないことが、艦内に知れ渡ることを恐れた。艦内釣り大会は、あくまで自然に皆に楽しんでもらいたかったのである。

三

(冷えてきたな……)

隼人は、思わず呟いた。

南国とはいえ、すでに深更をまわっている。頭から被った黒いビニールシートの隙間から見える静かな海面は漆黒の闇、しかし満天星の明かりが遠くの島影をほんのりと映し出していた。

真田隼人二曹は、「ふゆづき」の艦尾からもやいで繋がれた第一内火艇の中に潜んでいた。ウエットスーツ姿に水中メガネ、右の太股にはシーナイフをつけている。内火艇の前部の座席の下に、黒いビニールシートを被って寝そべっていた。

同じ内火艇の後部座席の下には、熊谷三曹が同じ装備を身につけて寝そべっている。さらにとなりには第二内火艇が舷を接しており、その中に同じく応急員が二名、ウエットスーツ姿で潜んでいた。いつでも海に入れるのはこの四人だが、他に応急員二名が幹部の応急長とともに応急指揮所に待機していた。

四人のうち隼人だけが、後部見張りの無電池電話のヘッドセットを被って、CIC（Combat Information Center：戦闘指揮所）と交信できるようになっている。

そのCICには、レーダーマンが見張りについており、となりの部屋のソーナールームでもソーナーマンが聴音見張りについていた。CICの全般指揮は副長がとっており、砲雷長も待機していた。

（それにしても……）

隼人は、ビニールシートの隙間から海面を睨みながら、呟いた。

（艦長の頭脳は、どうなってんだ）

これだけの作戦をたった一人で、それも恐らく短時間に作り上げたに違いない。

その計画を艦長室で聞いたときは、思わず体が震えてしまった。

（おれに、そんなことが出来るのだろうか……）

これである。しかし、不思議なものだ。あの艦長の澄んだ目でみつめられながら計画の一部始終を説明されると、もう自分がその物語の主人公になった気分になってくる。自然と自信が湧いてくるのである。艦長の目は、

（君ならできる……）

と言っているようだった。

ここは、カリムンジャワ諸島の一部の島、釣り大会は盛況のうちに終わり、艦長、副長もたくさん釣ったらしい。乗員の士気も大いに揚がった。そのあと、甲板上が静かになってしばらくして配置についた。

おそらくこの計画は、艦長以下一部の人間しか知らないに違いない。しかし、もし本当ならとんでもないことだ。そんな危険が迫っていることも知らず、みんな眠りについているのだろう。確かに荒唐無稽のようにも思える。しかし、あの艦長が真剣に考え我々を配置につかせたのだ。彼らは、

（必ずやってくる……）

隼人も確信していた。

そのとき、被っているハンドセットから砲雷長の声が響いた。

「後部！　こちらＣＩＣ。隼人！　ソーナースクリュー音聴知！　ゴムボートだろう、近づいてくる！」

「了解しました」

隼人は、押し殺した声で応答し、ビニールシートの隙間から湾口の方を見た。海面は先程と変わっていない。静かな海面にはそれらしきものは見当たらず、遠くの島影がうっすらと浮かび上がっていた。たぶんここからの視界外で、小型船からボートに乗り移った輩が、本艦に向かっているのだろう。

隼人は、三本の細いロープを手繰り寄せ、一本ずつ強く引いた。一本は熊谷三曹に、他の二本はとなりの内火艇の応急員にそれぞれ繋がっている。

そのロープによる信号の「一回引き」は注意信号である。そして「二回引き」は「配置につけ！」で、各人音を立てないように入水し、あらかじめ決めた手筈どおり行動することになっている。

隼人は、三本のロープを握りしめながら、海面上を凝視し続けた。

と、砲雷長から、

「隼人！　スクリュー音がゆっくりになってきた。停止するんじゃないかな」

「了解しました」

と応えながら、

（いた……！）

見えたのである。

左側の島影からスーッと黒いものが出てきたと思うと、ゆっくりとこちらへ向かってくる。まさしくゴムボートだ。隼人はかたわらのメガネ（双眼鏡）を取ると目に当てた。艦橋で使う八倍のメガネで、夜でも明るく見える。

ゴムボート上には、ウエットスーツを着た二人が認められた。

しばらくこちらに向かって進んだあと、ゴムボートは停止したようで、二人のうちの一人が水中に入った。腰に何かをつけているようだ。ひょっとして、小型時限爆弾か……。

「砲雷長！　敵は二名。うち一名が水中に入りました。今から向かいます」

と言って、隼人はハンドセットをはずし、握りしめていたロープを一本ずつゆっくりとした動作で「二回引き」の信号を送った。そして、ビニールシートをめくると腹ばいのまま水中に身を投じた。

後部座席から熊谷三曹が水中に入る音がわずかにして、近くにくるのを確認すると、隼人は「ふゆづき」のスクリューに向かって水中を進んだ。熊谷三曹があとに続く。

一方、応急員二人が隼人の近くを通り、艦首方向へ向かうのが確認できた。艦の中央左舷側で待機するはずである。

隼人は、スクリューのところにくると、それに隠れるように身をなるべく小さくして、敵がやってくるだろう方向に目を凝らした。熊谷三曹が隼人の横にぴったりとついている。

しばらくして、黒いものがゆっくりと近づくのがぼんやりと見えてきた。

隼人が熊谷三曹の方を見ると、彼も隼人を見て顔を縦に振った。相手を確認した合図である。

黒いものは、近づくにつれてだんだんはっきりしてきた。まさしく、「ふゆづき」をねらう「影」に違いない。巧みに足を動かして、まっすぐ「ふゆづき」の右舷、機関室付近を目がけている。

（艦長の言ったとおりだ……）

隼人は、艦長の予測に感心しながら、熊谷三曹の右肩をたたくと、まっすぐ「影」に向かって突進した。右手には、いつのまにか短めの木刀を握っている。

その「影」は、まさに腰の時限爆弾らしきものを取り出そうとしたとたん、隼人たちに気づいたらしく、やや慌てた様子で右腿に付けていたのだろう、短剣らしきものを抜き振り上げようとした。

その瞬間、隼人はすかさず「影」の短剣の腕をつかむとともに、腹部に木刀の突きを入れた「影」の背後にまわった熊谷三曹は、もう一本の腕をねじ上げ、いつの間に現われたのか応急員二名は、「影」の両足をつかまえていた。これらは、流れるようにほとんど一瞬の出来事だった。

艦内釣り大会の翌朝、「ふゆづき」は抜錨し、インドネシアのジャカルタ沖に向けて出港した。

昨夜「ふゆづき」では、捕まえた「影」を艦内に収容し、英語達者の水雷長が尋問したが、「影」はまったく言葉が通じないふりをした。東洋系の精悍な顔付きの若い男だった。腰につけていたのはまさしく小型の時限爆弾で、「ふゆづき」を爆破または損傷させる目的であったことがうかがえた。

晋悟は、直ちにペナンの「はぐろ」経由司令に報告し、沿岸国との調整をお願いしたが、インドネシアのジャカルタ沖で犯人を官憲に渡すこと、という回答をもらったのは、夜が明けて相当日が高くなってからだった。

四

「ふゆづき」が、司令への報告のためペナンへ帰投したのは、予定の哨戒行動よりも半日遅れた十一日目の午後だった。

岸壁では、「はぐろ」はすでに出港していて、「あやなみ」が司令旗を掲げていた。「あやなみ」は「たかなみ」型の一艦で、備砲百二十七ミリ、今回の任務のために十三ミリ機銃も装備している。艦長は幹部候補生学校の期で晋悟の一期後輩である。

司令は前の日の夕刻ホテルを出て帰艦していたらしく、「あやなみ」で晋悟を待っていた。

「やー、亀さん。ご苦労さん」

晋悟が司令室に入るなり、司令はソファから立ち上がって晋悟の手を握った。

「それにしても、たいしたものだね。来て早々、海賊を御用か。いや、たいしたもんだ」

そう言いながら、ソファの方へ晋悟を誘った。

「はぁ……」

晋悟は、返す言葉に窮しながらソファに座った。

「海幕へは、運用課長に直接電話をしといた。いや驚いてたね、彼は……。これで海幕でも、現地は相当に大変なんだ、と認識したことだろう。それにしても、君の言うとおりだったね」

「ふゆづき」が襲われるかも知れない、と司令に報告したことを言っているのだろう。

「じゃー、報告を聞こうか」

司令があらたまって言った。

晋悟は、前にはぐろ艦長がやっていたように、Ａ４の用紙一枚にまとめた報告書を司令と同席しているあやなみ艦長の前に置いて、要領よく報告した。

そして報告の最後で、ジャカルタで犯人を引き取りにきた官憲の長にはお願いしておいたのですが、と前置きして、

「司令、我々を襲った犯人から何か情報を得たかどうか、領事館を通じて聞いていただけますでしょうか」

と聞いた。

「うん、そりゃ当然、教えてくれると思っているけど、適当なときに念を押してみよう。もっとも、取り調べに時間がかかっているかも知れんけどな……」

と答えた司令が、

「ところで、犯人を捕まえるにあたっては周到に準備したようだけど、それこそ何か情報でもつかんでいたのか」

と、晋悟の顔を見つめながら言った。

「いえ、特にありませんが……」

昨年もそうだったが、ミンユーについては上層部には一切報告していない。

「ただ、前にも申し上げましたように、彼らの背後には大きな組織があって確かな情報網も張りめぐらしており、当然私が再び派遣されてきたこともつかんでいたのでは、と思ったわけです。そして、もし私がその組織の首領だったら、当然自分たちに害をなす〝南海の虎〟

を抹殺すべし、という行動方針になるのではないかと……」

「なるほどな、いやそういうことなら、今後も十分気をつけてくれ、彼らは簡単には諦めないかも知れない。そうそう、それで思い出した」

司令が続けた。

「君から依頼されていた無人島探索と日本船の行動予定の件だけどな。領事館にはお願いしてあるんだが、まだ回答をもらってないんだ」

と、済まなさそうに言った。

「はあ……」

晋悟には、そう答えるよりしかたがなかった。

「じゃ、ご苦労様。〝あやなみ〟は夕刻出港だったな。〝ふゆづき〟のこともあるし、十分警戒して行動してくれ。えーと、司令旗の移揚は一六〇〇にしよう」

その日の午後四時に、司令の乗艦が「ふゆづき」に変わるということである。

晋悟は、司令の話は終わったと思い立ち上がった。あやなみ艦長も立ち上がり、

「では、失礼します」

と、二人して司令室から出ようとしたら、

「あー、亀さん！」

晋悟は、司令に呼び止められた。

「よかったら今夜、軽くやるか。海賊捕物帳も、もう少し聞きたいしな」

司令が、にこにこしながら言った。

「はぁ……。それでは、夕食後シャワーを浴びたらお供します。司令、食事は本艦でとられますね」

「あー、そうさせてもらおうか」

晋悟は、その昔この司令と同じ艦のとき、よく飲みに連れて行ってもらったのを思い出していた。

大型タンカー

一

「ふゆづき」が、例の「影」を捕まえて沿岸国の官憲に引き渡してから、一ヵ月半が過ぎようとしていた。

その間、平穏な哨戒が続き、海賊はすっかりなりをひそめたかに感じられた。

ここは南国なので、相変わらず陽射しが強い毎日だが、日本ではすでに秋たけなわの季節、富士山がきれいな湘南の海を晋悟は思い浮かべていた。

あの事件のあと、司令に「影」の取り調べ状況を領事館を通じて聞いてもらったところ、確たる情報は得られなかったのだが、それから少しして衝撃的なニュースが飛び込んできた。

なんと、あの「影」が官憲の目を盗んで自害したというのである。

そのニュースを聞いた晋悟は、口を割らずに自ら死を選んだあの精悍な顔付きの若者を思い浮かべながら、

(並大抵な組織じゃないな……)

と、思いを新たにしたものである。

そんなある夜、上陸もせず士官室で副長や当直士官らと夜食のラーメンを食べて雑談をしていた晋悟だったが、副直士官が慌てた様子で士官室に飛び込んできた。

「艦長！ 〝あやなみ〟が救難信号を受信しました！」

「なに！」

副長がびっくりしたような声を上げ、当直士官も立ち上がった。

「今、隊付ブラボーが電信室で〝あやなみ〟船務長と無線で連絡をとっています！」

副直士官が続けた。

(現われたか……)

晋悟は、頭の中で海域を模索していた。

「ふゆづき」が、二回目の東方哨戒を終え「あやなみ」に引き継いで停泊に入り、三日経っている。基本計画のとおりの哨戒を実施しているとすれば、「あやなみ」は、ジャワ海に入ったところであろう。

(ジャワ海のどのあたりか……)

海賊に襲われた被害船の場所である。

今、「ふゆづき」は司令旗を掲げているが、司令は例によってホテルに宿泊していて不在だ。三名の隊付の宿泊場所は「ふゆづき」なのだが、隊付アルファーとチャーリーは現在上陸中である。

晋悟の頭は、急速に回転しだした。

「はぐろ」は、西方哨戒中だが出港して八日目、艦長が特異な行動をとらない限りスンダ海峡あたりか……。

(しめた! 〃はぐろ〃のヘリ三機が使える)

「あやなみ」のヘリと併せて、四機での捜索が可能である。そして、本艦も司令に乗艦していただいて増援に向かうのが順当か……。

まもなく、隊付ブラボーが晋悟のところに来た。副長と当直士官が後に続いている。

「艦長、〃あやなみ〃からですが、日本船籍の大型タンカーが、海賊に乗っ取られました。ただ、乗っ取られたのは昨日の真夜中で、名前も分からないような島陰に連れていかれ、三隻の中型船に石油をすべて抜き取られて、先程解放されたとのことです。なお、〃はぐろ〃から連絡が入って、〃あやなみ〃の応援に向かうとのことです。〃はぐろ〃は、スンダ海峡の哨戒を終わって、ジャワ海に出たところです。司令に報告します」

「あー、ご苦労さん。司令には、本艦上陸員帰艦次第、出港可能です、と伝えてくれ」

と、晋悟。

「あ、はい」

と言って、隊付ブラボーは士官室を出て行った。

「副長！　出港準備だ。上陸員が全員帰艦次第出港する。当直士官！　現在の在艦員数を調べてくれ。それと、上陸中の乗員で、連絡可能な者には帰艦するようにさせてくれ」

晋悟は、矢継ぎ早に命じた。

「は、はい！」

副長と当直士官が同時に答えて、慌てたように士官室を出て行った。

停泊中といえども、日本の母港に停泊しているのとは訳が違う。晋悟の方針として、いつでも出港できるような、最低限の態勢は常時とってあった。

晋悟は、士官室の艦長席に座ったまま目をつむり、思考を回転させていた。

士官室係が、コーヒーを持ってきてくれた。

「あー、有り難う」

晋悟は目を開き、温かいコーヒーを口にしながら、ほぼ考えがまとまりつつあるのを感じていた。

ややあって、隊付ブラボーが晋悟のところにやってきた。

「司令了解されました。すぐ帰艦されるそうです。隊付アルファーとチャーリーも一緒でした。司令のホテルのバーで飲んでいたようです」

「応援に向かうな」

晋悟が、念を押した。

「はい、司令も乗艦されるそうです」

「うん……」

晋悟は、当然と言いたかったが、ただ頷くだけにとどめた。

しばらくして、司令が隊付二人をともなって領事館の車で帰艦した。ドライバーが司令の荷物を持って舷門で当直海士に渡していた。

舷門で晋悟たちの出迎えに、

「やー、ご苦労さん」

と答礼しながら、司令はまっすぐ士官室に入ると、

「ところで亀さん、〝南海の虎〟の策は何かあるか」

と、さっそくのご下問である。

「はぁー、ちょっと考えてみたんですが……」

「おー、それをぜひ聞かせてくれ」

司令は、晋悟の計画に期待しているようである。

「まだ、頭の中だけなんですが……」

と断わりを入れて、晋悟は自分で整理しながら、その「計画」を説明し始めた。

三人の隊付が、一緒に真剣に聞いている。

目をつむりながら腕組みをして聞いていた司令は、

「うん、いい計画だ。よし、それでいこう」

組んでいた両手で両ひざをたたくと、大きく頷きながら言った。

「ブラボー、今の艦長の計画をさっそく、あやなみ艦長に伝えてくれ。あー、その前に、〝あやなみ〟の現在位置とタンカーとの位置関係を聞いてくれ。それとアルファーは、はぐろ艦長を呼び出して状況を伝えるとともに、ヘリ全機を、これは明朝日出前までに〝あやなみ〟に向かわせるよう指示だ」

そこで、隊付ブラボーが口をはさみ、

「司令、港湾当局に頼んでおいた、〝ふゆづき〟の夜間出港ですが、先程オーケーが出ました」

と報告した。

「うん、当然だろう。なんて言ったって、〝南海の虎〟が海賊退治に出かけるんだからな、ワッハハハ……」

司令が、晋悟の方を見ながらまた笑った。

そのとき当直士官が、

「艦長、上陸員全員帰艦しました。これで、総員在艦です」

と、報告した。

「よし、出港準備を令してくれ」

と、晋悟。

当直士官が、テレトークに飛びついた。

「副直士官！　出港準備を令せよ。準備出来次第出港する、もな」

すぐ艦内マイクが入った。

「出港準備！　艦内警戒閉鎖！　準備出来次第出港する！」

二

司令が乗艦した「ふゆづき」は、深夜のマラッカ海峡を東航していた。
日本国内の港湾だったら、赤色の緊急灯を点滅させながら、速力を上げて航行するのだが、
晋悟はこの海峡では緊急灯は使わなかった。ただ哨戒長には、他の船舶の状況を見ながらなるべく先を急ぐよう指示していた。
太平洋とインド洋を結ぶ最も主要なマラッカ海峡は、行き交う船舶も多いが、さすが深更

に近い時間帯は、ややまばらになってきている。

隊付ブラボーが司令に報告したところによると、「あやなみ」はジャワ海においてまもなく被害船と合流するとのことである。合流後、海賊船三隻の特徴をよく摑んだ四名の船員を「あやなみ」に移乗させるという。

(今のところ、順調だな……)

晋悟は、ほくそ笑んだ。

晋悟が頭に描いた「計画」どおり進んでいる。

まず、被害船の船員のうち一名を「あやなみ」のヘリに乗せ、海賊船を捜索させるのである。捜索は日出前、多少明るくなってからだが、解放された時間からいって海賊船は、そう遠くまでは行っていないはずである。

(ヘリの効用だな……)

昨年は大いにヘリに活躍してもらったが、今回も同じ状況になりつつある。

「あやなみ」のヘリが発艦しだい、今度は「はぐろ」のヘリを「あやなみ」に順次着艦させ、船員一名ずつを乗せて同じく捜索に向かわせる、というものである。

問題は捜索海域だが、「あやなみ」のヘリと「はぐろ」の一機は、ジャワ海の諸島およびスンダ海峡とロンボク海峡方面に、「はぐろ」の二機は、南シナ海とマラッカ海峡方面とした。

捜索範囲は、油を満載した中型船の速力から推測して、せいぜい三〇〇マイル（五百六十キロメートル）程度か。また、逃走先として可能性の高い南シナ海とマラッカ海峡への捜索は、「ふゆづき」のヘリ二機が引き継ぐことも可能であり、これはさらに「ふゆづき」を母艦として被害船の船員の移乗や「はぐろ」ヘリへの給油もできるというものである。

出港時の喧騒が治まって、漆黒のマラッカ海峡を行く「ふゆづき」の艦橋内は話声もなく、シンとしている。ただ、先を急ぐ「ふゆづき」の艦首を切る波の音だけが、リズミカルに聞こえていた。

晋悟は、艦橋の右舷側の艦長椅子で前方を見つめていた。司令の椅子は艦橋左側だが、空席で、司令は三人の隊付とともに、ＣＩＣ（Combat Information Center：戦闘指揮所）で全般状況を把握しているに違いない。

「艦長。一戦速とします！」

そのしじまを破るように、哨戒長が声を上げた。出港から操艦にあたってきた航海長が、引き続き航海直についている。

国内の通常航海中の操艦者は「当直士官」と呼ばれるが、哨戒配備中のそれは「哨戒長」である。だからもちろん、当直士官と同様に操艦だけではなく、その直の長として、艦内への命令など艦長代行の責務を負う。なお、昨年と同様「マラッカ海峡派遣部隊」には、「海上における警備行動」が発令されているので、航海中は常に哨戒配備である。

「ああ、そうしてくれ」

艦長椅子に深々と座っていた晋悟は、了解を出した。

先程からそろそろ増速したい、と思っていた晋悟だが、なるべく哨戒長からの増速のリコメンド（提案）を期待して我慢していたのである。

航海長は、この七月一等海尉に昇任するとともに、本艦に着任してきた新人である。晋悟の十年後輩の防衛大出身だが、晋悟に面識はなかった。

どこの艦でも、航海長は当直士官として初めて操艦に当たることが多い。だから大抵の艦長は、新しく着任してきた航海長を徹底的に鍛える。それも、自分のやり方でである。もちろん艦の運航（これを海自では行船法という）は、法令に基づいて行なう訳だが、細かいところは各艦長によって微妙に異なる。だから、航海長の行船法はそのときの艦長の影響を大きく受けることともなる。

晋悟は、今度の航海長は真面目で飲み込みも早く、晋悟の指導を素直に受け入れるので満足していた。ただ、何分にもまだ職について日も浅いので、彼の当直のときはなるべく艦橋にいることにした。

「艦長、航空機の発艦はいつでも可能です」

飛行長の声だ。真っ暗な艦橋に飛行長の谷村一尉が上がってきたのだ。

（しまった！　飛行長にまだ細部を話してなかったか……）

晋悟は、昨年の海賊退治に多大の貢献をしてくれた老練パイロットに、今回の自分の意図を十分説明していなかったことに気がついた。

「あー、飛行長。済まん、よく話してなかったかも知れないが、当面は、〝あやなみ〟と〝はぐろ〟のヘリで捜索が行なわれる。ただ、捜索が長引いた場合、本艦が交代機を出すことになる。だからそれに備えて、搭乗員にはなるべく睡眠をとらせておいてくれるか」

「あ、分かりました。そのようにさせます」

飛行長は、すぐ納得すると艦橋を下りていった。

律儀な飛行長のことだから、その足でＣＩＣに行って船務長や隊付から状況を把握するに違いない。

艦橋は再び静寂さを取り戻した。

晋悟は、艦長椅子で腕を組んで目をつぶった。

今回の晋悟が考えた作戦――命ぜられた任務からいって、これはまさしく「作戦」に違いない。その作戦に、晋悟はなんとなく不安を感じていた。

（こんな平凡な対処の仕方でいいのか……）

このことである。

ミンユーの情報によれば、海賊の首領は「ザ・タイガー・オブ・サザーン・シー」を抹殺せよ」との指令を出したという。そしてその指令は晋悟の対抗処置により、見事失敗に終わった。のみならず、逆に実行者の「影」は、晋悟たちに拘束されてしまったのである。

それにもかかわらず海賊の首領は、その一ヵ月半後、再び行動を起こした。大型タンカー、それも日本船籍のタンカーを襲って積載していた石油をすべて抜きとったという。ここのところ彼らが行なっている新手法と同じやり方によってである。そしてその手法は、今まで海賊側にとってすべて成功しているのである。

これは、あるいは、ザ・タイガー・オブ・サザーン・シー（晋悟自身こんな名前で呼ばれるのはおこがましい、と思っているのだが）を試しているのか……。

「どうだ。おまえならどうする」

とでも言っているように……。

当然のことながら海賊の首領は、今晋悟たちがやろうとしている作戦は、百も承知に違いない。であるのに、あえてそれをやってのけたのは……。

（何かある……）

あるいは、これは単なる陽動作戦で、

（他に何か目的があるのか……）

だが、今のところ晋悟の頭は漠として、思考が回転することはなかった。

「艦長！　ちょっとCICまで来ていただけますか」

いつのまにか、隊付ブラボーが艦長椅子の後ろにいた。

「ん……」

考えにふけっていた晋悟がふり返ると、

「今から、以後の行動について作戦会議を行ないたいと思いまして、司令から艦長にも来ていただくように言われましたので……」

「よし、分かった。哨戒長！　CICにいる」

晋悟は、哨戒長に断わると、艦長椅子を下りた。

「艦長下りられまーす！」

信号員が声を上げ、艦橋内の総員が敬礼をした。晋悟は、答礼を返しつつ艦橋後部の階段へ向かった。

司令の隊付三人は、もちろん昨年とは顔ぶれが代わっているが、担当職務は継承されているようで、隊付B（ブラボー）は、艦の行動、命令および通信を担当しているのだろう。ちなみに、昨年と同じであれば隊付A（アルファー）は、全般行動計画と実施および領事館等との連絡、調整を、隊付C（チャーリー）は、他国海軍との連絡、調整および航空機の運用をそれぞれ担当していることとなる。

「あー艦長、ご苦労さん」

司令は、ＣＩＣの椅子に座って足を組んでいたが、晋悟が入ってきたのを認めると、足を元に戻しながら言った。

晋悟が司令に黙礼し艦長椅子に座ると、それを待っていたかのように、司令が続けた。

「今のところ、君の計画どおり動いているが、以後の行動について、今からブラボーに説明させるので、確認も含めて何かあったら指摘してくれ」

晋悟は黙ってうなずくように頭を下げた。

ＣＩＣには、艦橋の司令、艦長用と同じような椅子が床に固定されている。その前面の大型スクリーンには、現在の行動海面が写し出されており、「あやなみ」と大型タンカー、そして「はぐろ」と「ふゆづき」の現在位置が表示されている。

ＣＩＣには、三人の隊付のほか「ふゆづき」の副長、砲雷長、飛行長が顔を揃えていた。

「それでは、以後の行動についてご報告申し上げます」

隊付ブラボーは、右側のスクリーンにトランスペアレンシー（投影機による画像）を写しだしながら、説明を始めた。そのトランスペアレンシーには、晋悟が口頭で司令に報告した計画が、要領よく一枚にまとめられていた。

「〝あやなみ〟は、現在大型タンカーと触接中ですが、船員四人の移乗の報告は、まだ上がってきていません」

と前置きして、船員四名を「あやなみ」に収容したあと、ヘリ四機に一名ずつ同乗させ、

「あやなみ」のヘリと「はぐろ」のヘリ一機は、ジャワ諸島、スンダ海峡、ロンボク海峡方面へ、「はぐろ」のヘリ二機は、南シナ海、マラッカ海峡方面へ向かわせること、「ふゆづき」は南シナ海、マラッカ海峡方面の補助として「はぐろ」ヘリの援護を行なうこと、捜索要領等は各艦長所定とすること、などを説明した。

「以上ですが、よろしければ行動命令として、電報で発信します」

と言って、晋悟と司令の顔を見た。

「うん、行動全般はいいと思うけど、電報を発信するんなら、〝はぐろ〟のヘリをあやなみ艦長の指揮下におくことを明記しておいた方がいいな」

と、晋悟が所見を述べた。

「はい、そのようにします」

隊付ブラボーが答えながら、今度は司令の方を見た。

「あー、いいだろう」

司令が了解して、作戦会議が終了した。隊付や「ふゆづき」幹部はそれぞれ解れていき、その場には、椅子に座ったままの司令と艦長が残った。

「艦長！　今度はうまくいくかも知れんな」

司令が、にこにこしながら晋悟の顔を覗き込むようにした。

「はあ……」

晋悟は、あいまいな返事をしてしまった。

（そう簡単には、いかないかも……）

どのような男か知らないが、海賊の首領が、そうあっさりと脱帽する訳がない。しかし、司令は今回に期待しているようだ。

「前回の汚名を返上する、いい機会かも知れない。いや、前回の二回とも場所的に一隻しか対応できなかったし、それと二件とも被害を察知したのが発生からずいぶんと時間が経ってからだったんだ。それに比べて今回は、まず〝あやなみ〟が救難信号をキャッチしたのが早かったし、その上ラッキーなことに〝はぐろ〟がすぐ近くにいた。さらに加えて君のところが極めて早く出港できたことだ。あれには正直驚いたね。乗員にはよほど徹底してるんだな。たいしたもんだ」

「いえ、そんな……」

晋悟は、恐縮するよりしようがなかった。司令が続けた。

「だから、三隻揃うことができたんだ。いわば、全力投球だ。これなら、大丈夫だろう。なー、南海の虎殿！」

司令が、満面笑顔に上機嫌で言った。

（こりゃ、下手なことは言えないな……）

司令の上機嫌を逆撫でするような言葉はである。

晋悟は、喉まで出かかった、この計画に対する不安を、そのままぐっと飲み込んだ。

「艦長！　発信電報を起案しました」

隊付ブラボーがそばに来ていて、電報用紙を突き出した。それには、隊付二名と副長のサインがすでにしてあった。

「あー、ご苦労さん。ずいぶん早いな」

隊付ブラボーは、作戦会議の前からすでに準備していたに違いない。艦長の褒め言葉にちょっと照れたような顔つきをした。

晋悟は一読し、海幕防衛部長がＩＮＦＯ（Information）に入っていることを確認して、艦長欄にサインをした。

この「行動命令」は、あくまで司令から各艦長へ宛てるものだが、情報（Information）として海幕にも送ることにより、海幕に対する報告にもなるのである。

「有り難うございます」

隊付ブラボーは、電報用紙を受け取ると、今度は司令の所へ持っていった。

晋悟は、早々に退散することにして、司令の方に一礼するとＣＩＣを出た。

「艦長上がられまーす！」

艦橋で、また信号員が声を上げた。晋悟は、答礼しつつ艦長椅子に座ろうとして、すぐそばに副長がいるので驚いた。おそらく、晋悟が来るのを待っていたのだろう。

「艦長、今はまだ静かですが、日出が近づくと僚艦のヘリとの交信が騒がしくなると思いますので、艦橋でもモニターできるようにしておきます」

副長の艦長への配慮である。

「有り難う。そうしてくれ」

晋悟は、答えながら艦長椅子に座って前方を見た。漆黒のマラッカ海峡は穏やかで、はるか水平線近くに行き会い船の白灯がぽつんと見えた。

三

だんだん辺りが明るくなりつつあった。

ここは、まさしく赤道直下の熱帯地方だが、朝晩はぐっと気温が下がる。とくに日出前の艦橋は、両サイドの扉が開け放たれているせいもあって、寒ささえ感じる。晋悟は、思わず作業服の上着の上から、両腕をさすっていた。

ヘリコプターの動きが始まったのだろう、艦橋後部の通信機のモニターがざわめき出した。この少し前、「あやなみ」から船員四名の移乗が司令報告されていた。いよいよ捜索の開始である。

「艦長！　〝あやなみ〟の一番機が発艦しました」

航海長から水雷長に当直を交代した哨戒長が、ヘッドセットでつながっているＣＩＣからの報告を告げた。

晋悟は、了解の意味で左手を上げた。

「二番機も発艦です！　これは、〝はぐろ〟のヘリです！」

哨戒長が次々と報告し、四機全機が飛び立つのに、そう時間はかからなかった。

（頼むぞ……）

晋悟は、祈るような気持ちだった。

ジャワ海の「あやなみ」から飛び立った四機のヘリによる、逃走した海賊油船の追跡劇が今始まったのである。海賊船の特徴をよく摑んでいるという船員による、目視捜索なのだが。司令の期待に応えるためにも、いやもちろんそれはこの派遣部隊の任務達成を意味することであるし、一隻でもいい、捕まえてくれれば……。

しかし、

（発見できなかった場合は……）

晋悟の初めからの不安が適中したときのことである。

ヘリの行動範囲も考えなければならないし、それに大型タンカーの船員のこともある。いつまでも拘束しておくわけにはいかない。

「あやなみ」コントロール下の二機は、それぞれスンダ海峡とロンボク海峡あたりまでか……。マラッカ海峡と南シナ海方面だが、これは逃走経路として可能性は大きいので、本艦のヘリが引き継いでもやるべきか、それも濃密に……。ただ、同乗させる船員は少なくとも夕刻までには母船に返す必要があろう。

「艦長、食事用意よろし！」

士官室係の海士が、艦長椅子のすぐ横にいた。

「あー、有り難う」

もう朝食の時間か、と思いながら例によって皆が敬礼する中、晋悟は士官室に向かった。

「やー、お早う」

晋悟は、副長以下主要幹部が箸もとらずに席に座っているのに声をかけながら、艦長席についた。その幹部の中には、三等海佐の隊付アルファーもいる。航海中の士官室の食事は、自分の当直や前当直者の食事交代のこともあって、停泊中と違って適宜食事をとっていいことになっている。だから、現に晋悟が士官室に入ってきたとき、別のテーブルでは食事中の若い幹部やすでに終わっている幹部もいた。

「司令には、お届けしたのかな」

と、晋悟。

「はい、今士官室係を向かわせました」

何事にも気を遣う補給長が、すかさず答えた。その辺は抜かりがない。しばらくして、その司令が士官室に入ってきた。

「やー、済まん済まん。先に食べてもらっててよかったのに……」

と言いながら、司令がふだんは艦長が座る角の司令席についた。

この機を見ていた士官室係が、すかさず味噌汁を司令のところへ持ってきた。

「じゃ、いただこうか」

司令が言って、自ら司令専用のお櫃からごはんをよそった。

「やっと、捜索が軌道に乗り出しましたね」

晋悟が、自分も艦長用のお櫃からよそいながら話しかけた。

「うん。うまく発見できるといいがな」

司令が考え深げに言った。正直な気持ちに違いない。

晋悟は常々、士官室での食事のときは、あまり仕事のことは話さないように心掛けている。しかし、今の状況では当面のことが話題になってしまうのは、しかたがないことだろう。逆に、艦長にとっては司令と直に話すいいチャンスでもある。

「司令、このタイミングでいけば、逃走する海賊の油船は十分カバーできると思いますが……。ただ……」

「ただ……、何だ」

と、そこまで言って、晋悟は言いよどんでしまった。司令がすかさず咎めた。

司令の右手の箸が、おかずを食べようとして伸ばしたまま止まってしまった。

「はあ、このままずんなりといっていいのか、という思いがするもんですから……」

と、語尾を濁してしまった。

「だって、他ならぬ〝南海の虎〟が考えた計画なんだぞ」

司令がやや不満げに言った。

「いえ、特別のことは考えつかないで、いわば常套手段になってしまいましたが、船員を同乗させたことぐらいが、今までとは違うことでしょうか……」

と弁解じみたことを述べつつ、晋悟が続けた。

「それに、海賊の首領は相当の情報網を持っていて、当然当方の対処の仕方も承知していると思うんですが、それが今までと同じ手口できたのが、どうも解せないんです。何を考えているのかな、と思いまして……」

「亀さん、それは考え過ぎだよ。前回まで成功したから、引き続きやっただけじゃないの。しかし、今回はそうは問屋がおろさんぞ。なんてったって、南海の虎が来てるんだからな。ワッハハハ」

例によって、豪快に笑いとばした。

食事も大方終わって、士官室係がコーヒーを持ってきてくれた。

「あー、有り難う」

と言いながら、晋悟は続けた。

「いえ、それでなかなか発見できなかった場合、捜索をどこまでやるかなんですが、南の方面の〝あやなみ〟組は、ヘリの行動範囲のこともあり、海賊の逃走範囲をカバーしたところで終息させるのが適当かと思います。北の方面の〝はぐろ〟のヘリ二機については、本艦のヘリが引き継ぐことは可能です。ただその場合、船員を移乗させなければならないことと、昼食をとらせる必要があると思います。いずれにしましても、船員は、夕刻までには母船に返さなければならないでしょう」

晋悟は、なかなか言い出せなかったことを一気にしゃべった。

副長の次の席に座っている三等海佐の隊付アルファーが、艦長の話を真剣に聞いていた。

「うん、まあその場合はしかたがないな」

司令が、渋々了承した。

そのとき、士官室のテレトークのCICの青いランプが点灯した。

「士官室！　CIC、隊付ブラボーですが、司令、艦長へ。〝はぐろ〟のヘリが海賊船らしきものを発見しました！」

隊付アルファーがテレトークに飛びついて了解を送った。

士官室の若手幹部が座っているテーブルから、オーという声が上がった。

「艦長の危惧は取り越し苦労だったな」

と、司令が立ち上がりながら、晋悟の顔を覗き見るように、にこにこして言った。

「はあー」

司令は、CICへ向かうのだろう。晋悟はその背に、

「司令！　本艦増速して支援に向かいます」

自分も立ち上がって司令のあとを追った。司令は、了解の意味だろう右手を上にあげ、士官室を出てそのまま階段を一気に駆け上った。

晋悟は、同じく階段を駆け上がり、CICではなく艦橋に向かった。

「哨戒長！　増速だ。〝はぐろ〟のヘリが海賊船らしきものを発見した」

艦橋に上がるなりすでに航海長に代わっている哨戒長に指示した。

「はい、二戦速にします！」

と、航海長。

「うん。行き会い船の状況が許せば、三戦速でもいいぞ」

晋悟は、あくまで操艦者の航海長の意志を尊重した。

「はい。三戦速にします。第三戦そーく！」

哨戒長が令し、ガスタービン艦が、みるみる速力を上げていった。

後からついて艦橋に上がってきたのだろう、副長が、

「艦長！　状況を艦内に達します」

と、すかさず言った。

「あー、そうしてくれ」

副長は、自らマイクを手にとった。

「達する。〝はぐろ〟のヘリが、海賊船らしきものを発見した。本艦は、支援に向かう。以上」

艦内のどこからか、歓声が聞こえた。

程なく、飛行長が艦橋に上がってきた。

「艦長、航空機は使われますか」

当然の質問である。

「あー、飛行長。ご苦労さん。うん、いずれは使うことになろうが、今は状況がまだよくつかめてないので、どんなかたちで支援したらいいかも分かっていない。ただ、準備だけはさせといてくれるか」

と言いながら、晋悟は思考を回転させていた。

「分かりました」

そう言って、飛行長はまた元に戻っていった。

マラッカ海峡は、比較的静かだった。この時間帯としては、行き会い船もあまりない。当分は三戦速のままでいいだろう。晋悟は、艦長椅子で腕を組んで目をつぶった。

（それにしても……）

晋悟は、また新たな疑問にとりつかれた。

もし、「はぐろ」のヘリが発見した油船が、海賊船そのものだったら、海賊の首領は、何故当然発見されるような行動をとらせたのか……？

（いや、そんなはずはない。これは、違う……）

と思った晋悟だが、そこではっと気がついた。それでは、「あやなみ」や「はぐろ」から次々と発艦していったヘリに、（頼むぞ……）と祈るような気持ちになったことと自己矛盾してしまう。ここは、新たな疑問は疑問としてしばらくしまっておくか……。

「艦長！　ＣＩＣの船務長から報告です」

ハンドセットを被っている哨戒長が声を上げた。

「〃はぐろ〃のヘリからの報告で、同乗している船員の話では中型油船は海賊船に間違いないとのことです。なお、船橋横に東洋人らしい人影も見えたとのことです。〃はぐろ〃から司令への報告です」

（いよいよ本物か……）

晋悟は、了解の意味で左手を上げながら思った。

「引き続き、〃はぐろ〃からの報告です。〃はぐろ〃は、海賊船に接近中ですが信号が届く距離で海賊船を停止させ、臨検隊を派遣するとのことです」

晋悟の昨年の経験からして、もし油船が海賊船なら停止命令に従わず増速して逃走するに違いない。その場合、はぐろ艦長はどう判断し、行動するか、である。

もちろん、武器の使用に当たっては、新しい「武器使用基準」に基づいて行動するわけだが、これもすべての場合が網羅されているわけではない。特に、予測しがたい相手の行動に適切かつ瞬時に対応するためには、瞬間的判断力が求められる。

現場の艦長には、その能力が必須なのである。

しばらく「はぐろ」からの報告もとだえて、ヘリとの交信も静かになっている。ただ、時間だけが過ぎていく。

「哨戒長！　ＣＩＣにいる」

と断わって、晋悟は「はぐろ」から司令への報告を直接聞くために、ＣＩＣへ向かった。

「あ、艦長。いよいよ御用だな」

司令は晋悟を認めると、上機嫌で言った。

「はー……」

と応えながら、晋悟は艦長椅子に座った。大型スクリーンには、「はぐろ」が追っている海賊船らしき目標が記されていた。まもなく、追いつく距離に見える。

そのとき、通信系で司令のコールサインが呼ばれ、隊付ブラボーが応答した。

「こちら、〝はぐろ〟。海賊船停止した。本艦も停止し、臨検隊を送る。オーバー（どうぞの隊付ブラボーが、受話器を持ったまま司令の顔を見、司令が了解の意味で左手を上げたのを確認してラジャー（了解の意）を出した。

（停止したか……）

晋悟は、不可解だった。これは、あるいは海賊船ではないのではないか。しかし、ヘリに同乗の船員は、海賊船に間違いないとまで明言しているのだが……。

いずれにしても、「はぐろ」の臨検の結果を待つよりしようがないか……。

再び通信系は、沈黙の状態に入った。そろそろマラッカ海峡の出口である。あらゆる方向から船舶が収斂する場所であり、晋悟は再び艦橋に上がった。

しばらくして、哨戒長が、突然声を上げた。

「艦長！　〝はぐろ〟から司令への報告です」

少し間をおいて続けた。

「〝はぐろ〟の臨検隊の臨検報告です。目標は、日本船籍の第三瀬戸丸。船員は十三名。船長と一等航海士は日本人で、あとの乗組員はほとんどが東南アジア系とのことです。積荷は石油で、インドネシアのジャカルタを昨日出港して、台湾の高雄へ向かうところだとのことです。なお、書類等検査の結果、不審点はないとのことです」

「引き続き報告です。第三瀬戸丸に航行を続行させると、はぐろ艦長の報告に、司令が了解

意）」

を出されました」

晋悟は、複雑な気持ちだった。海賊船ではないというが、では船員の証言はどうなんだろう……。特徴をよく掴んだ船員が選ばれてヘリに同乗したのではなかったか……。その船員が海賊船に間違いないと明言したにもかかわらず……、である。

晋悟は、直接自分が見聞できない現場に苛立ちを覚えていた。

しかし、現場のはぐろ艦長がそう判断した以上、それに反論する余地はまったくない。

やがてＣＩＣにいた司令が、艦橋に上がってきた。

「司令、上がられまーす！」

信号員が叫ぶ声に、晋悟は艦長椅子から下りて敬礼をした。

「いやー、艦長！　残念だったなー。海賊船を捕まえたと思ったけどなー……」

ほんとうに残念そうに言う司令に、晋悟は返す言葉がなかった。

しかし、現実は現実として、次の手を打たなければならない。

晋悟は司令椅子に近づきながら、

「司令、昼も近いし一応本捜索を終了して、次の段階に入るのがいいかと思いますが」

と言った。

「うん。じゃ隊付を来させよう」

と言って、自ら哨戒長に、

「あー、済まんけど、CICにいる隊付全員を艦橋に来るように言ってくれるか」

と指示した。

しばらくして、隊付三名が雁首をそろえた。司令が口火を切った。

「では、今後の行動について考えよう。初めに、艦長何か考えがあったら言ってみてくれるか」

と、晋悟に意見を求めた。

「はい、まず差し支えなければ、〝はぐろ〟のヘリに同乗している船員二名を本艦に移乗させて昼食をとらせるとともに、本艦のヘリであと一乃至二時間ぐらい捜索をさせていただきたいと思います。船員には、海賊の様子なども聞いてみたいと思いますし……」

司令は、頷いている。晋悟は続けた。

「その後本艦は、船員を〝あやなみ〟まで送り届けて、オリジナル計画の西方哨戒につきたいと思います」

「それでは、〝ふゆづき〟がずいぶん長い航海になってしまうが、いいのか」

と、司令。

「ええ、それはもう本来の任務ですから。で、〝あやなみ〟は現在の捜索を、ヘリの対空時間の問題もありますので艦長所定で終了して、船員を母船に返していただいたらよろしいかと思います。なお、本艦の船員を同じく母船に返したらオリジナルの東方哨戒に戻ることになると思います。最後に〝はぐろ〟ですが、すでに西方哨戒の終期に近づいていますので、ヘリを収容しだいペナンに帰投するのが順当かと考えます。以上です」

晋悟は、一気にしゃべってしまった。

「うん、艦長がすべて網羅してくれたようだな。隊付のみなさん、何かあるか」

司令はそう言うと皆の顔を見た。特にないようである。

「よし、今ので行こう。ブラボー、各艦に示達してくれ」

そこで晋悟は、気が付いた。

（そうだ。本艦には司令がおられたんだ……）

「司令、〝はぐろ〟のヘリで旗艦に戻られますか」

と、晋悟。司令は、

「うん、そうだな。海幕への報告もあるしな。じゃ、そうしようか、よし隊付もみんな帰るぞ」

と言うと、司令室へ行って荷物整理でもするのか、艦橋後部の方へ向かった。

「司令、下りられまーす！」

信号員が叫んだ。

疑惑

一

「司令、ちょっとよろしいでしょうか」

晋悟は、司令室のドアをノックしたあと、ドアを開けて言った。

司令は、隔壁に向いた机に向かって何か書き物をしていたが、椅子ごとふり返ると、

「あー、艦長」

と言って立ち上がりながら、ソファの方を手で指して晋悟を誘った。

そのソファの丸テーブルの上には、旗艦に戻る準備ができたのだろう、来るときと同じバッグが置いてあった。

「まもなく、〝はぐろ〟のヘリが司令迎えに本艦に着艦します」

と、晋悟は言いながら続けた。

「その前に、三つばかりお願いがあるんですが」

司令は、腕を組みながら晋悟を凝視し、頷いた。

「一つ目は、これからの本艦の哨戒ですが、オリジナルは西方なんですが、どうもジャワ海にわだかまりがあるものですから、しばらく上空から見てみたいと思います。できれば私自身ヘリに乗ってです」

「おー、それはいいじゃないか。前から言っているように、艦長の思うように哨戒してもらっていいんだから」

司令が、すかさず言った。

「はー、そして二つ目ですが、前にお願いした日本船の行動予定です。今回の臨検の際も、情報をつかんでいればもっとはっきりしたんだと思います。三つ目は、やはり前にお願いした無人島への上陸の許可です。以上三つですが、あとの二つは領事館にぜひ強力にお願いしていただきたいと思うんですが……」

と一気にしゃべったが、最後の方はやや遠慮がちになってしまった。

「うん、分かった。努力しよう」

司令が、ぼそっと言った。

「勝手なことばかり言って、申し訳ありません」

晋悟は、深々と頭を下げた。

「いや、君の要求は当然だ。領事館ももっと動いてくれなくては困る。前にお願いしてから、もう一ヵ月以上も経っているのに梨のつぶてなんだからな。よし、分かった。君が入港するまでには、なんとか推し進めてみよう」

司令の強い言葉に、晋悟はまた頭を下げた。

そのとき、ドアをノックする音がして、隊付ブラボーが顔を出した。

「司令! 〝はぐろ〟のヘリが、間もなく着艦します」

と言って、テーブルの上の司令のバッグを握った。

晋悟は司令に一礼すると、帽子をかぶってブラボーのあとに続いた。

後部甲板では、着艦準備が整っていて、あとはヘリを待つのみとなっている。副長と三人の隊付が並んでいた。晋悟は、副長の横に行って司令を待った。

やがて、「はぐろ」のヘリが後方から接近し、大きな爆音と強烈な風を吹きおろしながら着艦した。まず、大型タンカーの船員がタラップを降りてきた。副長がすかさず、

「士官室にとおします」

晋悟に断わって、船員の方へ歩みよった。

続いて、司令のバッグを持ったブラボーを先頭に、隊付チャーリー、アルファーがタラッ

プを登っていった。

最後に司令が、

「じゃ亀さん、あとを頼む」

と言って、敬礼している晋悟に答礼し、ゆっくりとタラップを登っていった。

ハッチが閉められ、爆音が一段と大きくなると、ヘリは垂直に上昇し、一度左舷へ出て海面上を斜め上に飛び去っていった。ジャワ海は、相変わらず静かで、風に向けて航行している「ふゆづき」をときどき大きなうねりが襲っていった。

「いやー、お待たせしました」

と言いながら、晋悟は士官室に入ってきた。

士官室のメインテーブルの、副長のとなりに座っていた大型タンカーの船員二人が立ち上がった。

「三等航海士の福田と申します。この度は、大変お世話になりました」

副長のとなりのやや年配の船員があいさつした。

「甲板員の松本です。お世話になりました」

さらにとなりの比較的若い船員が、同じく頭を下げた。

「艦長の亀山です。被害に遭われてお気の毒でした。海賊船を発見できないで残念でしたが、一生懸命捜索されて、お疲れになったでしょう。ありふれた食事ですが、どうぞ召し上がって下さい」

そう言うと、晋悟は艦長席についてお櫃を引き寄せた。

しばらくの間、皆黙々と口を動かしていたが、晋悟が口火を切った。

「災難に会われて、思い出すのもいやかも知れませんが、海賊はどんな連中でしたか」

晋悟が、最も知りたいことである。

「はぁ……」

三等航海士が、あわてて口の中のものを飲み込んで、

「アジア系が主体のようでしたが、若干中東系もいたように思います。なー、松本」

となりの船員に同意をもとめ、やはり口にほおばっていた甲板員が頭を上下させた。

「その内リーダー格と思われるのが、流暢な日本語をしゃべっていました。まるで、日本人と錯覚する程です」

（やはり……）

晋悟は、ひとりごちた。

「福田さん、〝はぐろ〟からの情報では、船員の方がヘリから見ていて海賊船に間違いないと言われたということですが、あれは福田さんですか」

続けて、晋悟が聞いた。

「えー、確かに私が申しましたが、しかし海自の方が臨検されて日本船を確認されているので、あれは私の考えちがいだったと思っています。ただ……」

年配の船員が、ちょっと躊躇するように間をあけたが、続けた。

「船乗りの勘というんでしょうか、船体の汚れ具合などからなんとなく同じ船のような気がしたものですから……。それに日本船にしては、あまりにも汚れがひどくて、あんな船体のままよく外国の港に入っていけるなとも思ったんです」

（これは、目からうろこだ……）

晋悟は内心思い、感心した。成る程と得心もした。船員ならではの見方だとも思った。

「いや、いいお話を伺いました。有り難うございました」

晋悟の正直な気持ちだった。船員の方と話ができてよかった、とも思った。

大方食事も終わり、コーヒーが出ていた。

「あのー、艦長。いろいろお世話になりながら、こんなことを言うのは心苦しいのですが……」

三等航海士が遠慮がちに言った。

「いや、なんなりとおっしゃって下さい」

晋悟は、何かと思いながら福田船員の顔を凝視した。

「実は、先程艦長が見える前に副長から伺ったのですが、午後また今度は本艦のヘリで捜索していただける、とのことでしたが……」

「はい、そのように考えています。いえ、今までの捜索で海賊船の逃走範囲は網羅されているはずですが、取りこぼしもあるかも知れないし、さらに遠くへ行く可能性もなきにしもあらず、ということで計画されたのですが」

「ご厚意は、とてもあり難いのですが、捜索はもう十分していただきましたし、私たちも母船に戻って早く日本に帰り、次の航海に備えなければなりませんので、誠に勝手ですがこれで終了ということにしていただければと思いまして……」

「あー、そういうことでしたか。いや、それはもうあなたがたのご都合が最優先ですから……、じゃ早い方がいいですよね。副長、飛行長、いいかな」

晋悟の決断は早かった。実際、晋悟自身これ以上捜索してもあまり効果はないとは、内心思っていたのである。副長と飛行長が、同時に頷いた。

副長が立ち上がりながら、

「艦長、航空機発艦用意を令します」

と断わり、テレトークに向かった。

まもなく「航空機発艦用意!」の号令が、艦内マイクで入った。

「それでは、福田さん、松本さん。海賊を捕まえることができなくて、本当に残念でした。船に戻られたら、船長によろしくお伝え下さい。私は、これから司令に今の行動変更を報告してきますので、ヘリの準備が出来次第、副長が皆様をご案内しますので」と、晋悟は言って副長の方を見た。副長は了解の意味だろう頭を下げた。

晋悟は、士官室を出るとCICに向かい、情報系で「はぐろ」を呼び出した。そして、司令にCICまでご足労を願って直接行動変更を報告し、了解をもらったのである。その際、船員の捜索の代わりに日没までジャワ海にとどまり、上空から哨戒を実施すること、それには艦長も同乗することを付け加えるのを忘れなかった。

二

護衛艦「ふゆづき」は、ペナンに向け朝靄のマラッカ海峡を北上中だった。「あやなみ」の救難信号受信で、夜間緊急出港して、引き続きオリジナルの西方哨戒に従事したので、約二週間に近い行動となったせいか、久しぶりのペナン入港という思いの晋悟だった。

今回の海賊船捜索行は、結局これといった成果を得られず、その分よけい長い航海に感じられたのかも知れない。

考えてみたら、沿岸国からのご指名で再びこの地を訪れることになった、いわゆる「南海の虎」のDD119「ふゆづき」およびその艦長（晋悟はおこがましいと思っているのだが）なのだが、はや二ヵ月が過ぎてしまった。

その間、大型タンカーが被害に会い、派遣部隊全兵力をもって対処したにもかかわらず、海賊の逮捕はおろか、目に見える成果はなんら得られなかったのである。今頃、海賊の首領はほくそ笑んでいるに違いない。まさしく「南海の虎」の敗北である。

しかし、晋悟自身の胸の内には、本行動で何がしか得るものがあったのも確かであった。特に、二人の船員を退艦させたあと、晋悟自身がヘリに乗り込み、上空からジャワ海の島々をくまなく視察したことは、艦橋の艦長席から見た島々とはまったく異なった印象を晋悟に与え、これまた大型タンカーの三等航海士の話同様「目からうろこ」だったのである。

しかし、当初ＤＤ１１９を爆破しようとした海賊一味は捕らえたものの、今回は見事にそのお返しを食らってしまった。晋悟はやや焦っていた。

（やはり、無人島の探索か……）

これは、昨年来晋悟が考え続けてきた積極的海賊壊滅策である。

その根拠となるところは、海賊の手口はいまだに高速小型船で狙いをつけた獲物を待ち構え、追いかけ、そして舷側からよじ登って武器をもって船橋を占拠するというものである。そのような小型船は、外洋を航行するには適しておらず、燃料だってそんなに積んでいないに違いない。

すると必然的にこの近辺に、

（かれらの基地がある……）

というのが晋悟の論理であった。

また、積極的海賊壊滅策の二つ目として、狙われそうな大型タンカーや自動車運搬船のような貨物船の行動予定をあらかじめ入手して、海賊を逆に待ち構えることである。

晋悟は、この二つのいわば作戦を可能とするために、昨年来司令にお願いをしてきたのであった。

やや靄が発生している今朝の気象状況のなか、前方にペナン島が見えてきた。

艦橋の艦長椅子で前方を見ていた晋悟は、我にかえり、

「哨戒長！　服を着替えてくる」

と言って、艦橋から艦長室へ向かった。

哨戒配備中であるので、航海中は常に戦闘服装だが、入港するとき幹部は制服に着替える。外国の港湾に出入港するときは、総員が制服を着用するのが慣例であるが、ここペナンはいわば海賊対処のための基地としての出入港なので、国内の海上自衛隊の基地と同様幹部以外は作業服でよいこととされていた。

この季節、日本ではすでに黒色に金ボタンの上着とズボン、それに白のワイシャツと黒ネクタイの冬制服で、晋悟の場合、上着の両袖には二等海佐を示す三本の金線が巻いてある。

この階級章は、一部の国を除いた世界共通の海軍中佐を示すものだ。

だが、ここペナンは赤道に近いことで、一年を通じてほぼ日本の夏の気温と同じぐらいだ。したがって、白の半袖とズボンの夏制服で、袖章の代わりに桜星と金線三本の肩章を付ける。上着の左胸には二段の防衛記念章が、その上にはこの春英国から授与された、大英帝国勲章の略綬が着いている。さらにその上部には、水上艦艇マークがある。これは、部内の資格試験で「運航二級」以上の者が着用できるもので、桜花と艦艇を正面から見た図柄の両側に波をあしらった金色の記章である。なお海自では、艦長は運航一級の資格が必要とされている。

だんだん近づくペナンのいつもの岸壁に、新しい護衛艦が接岸していた。艦番号から「あやなみ」と同型の「いそなみ」にちがいない。

「あやなみ」は当初からの計画で、例の遭難信号を受信した航海が、マラッカ海峡派遣部隊の最後の哨戒だった。したがって、入港後新しく派遣されてきた同型艦の「いそなみ」に申し継ぎを行ない、日本に向け帰国の途についたはずである。

その「いそなみ」艦長は、なんと晋悟の防衛大時代の一期後輩の相田二佐だった。それも同じ合気道部に所属しており、合宿などでまさしく寝食をともにした仲だった。

その「いそなみ」艦橋右舷のブルワークに、司令と艦長だろう二佐以上が着用する俗に〝カレーライス〟と言われる、ひさしに装飾のある制帽を被った白制服が立っていた。

晋悟は、いつものように自ら操艦して、「いそなみ」に接舷した。

「お早うございます。異常ありません！」

晋悟は、まず司令に報告した。

「ご苦労さん。亀さん！ 例のやつ、もらったぞ、領事館から。それも、やっとおといにね」

司令は、満面笑顔だった。

「あーそうですか。いや、それは有り難うございます。助かります」

晋悟の正直な気持ちだった。

晋悟が、昨年以来待ち続けていた日本船舶の行動予定と、無人島への探索許可のことであろう。

（ヨシ、これで何とかなるかも知れない）

晋悟には、希望が湧いてきた感じだった。

「亀山さん、ご無沙汰しています」

司令が艦橋内に入った後、司令のそばにいた艦長が親しげにあいさつした。

「やあ、相田、久しぶりだなー。元気か」

「はい、お陰さまで。しかし、先輩の武勇伝は海幕ではちょっとした語り草ですよ。〝南海の虎〟なんてかっこいいじゃないですか」

「あまり、冷やかすな。しかし、現場は厳しいぞ」

「はい、覚悟しています。よろしく、お願いします。先輩！」

相田二佐が、ぺこりと頭を下げた。

その相田二佐は、海幕人事課での二年間の勤務を終え、この七月一日付で選抜で二等海佐に昇任するとともに、いそなみ艦長を命ぜられ、マラッカ海峡派遣部隊への合流を命ぜられたのである。

（いい人間が来た。よし、彼を強力な協力者にしよう……）

晋悟は、内心思った。

接舷作業が終わり、「いそなみ」への桟橋がかかるのを待っていたように、晋悟は司令護衛艦へ渡った。いそなみ艦長が舷門で晋悟を迎えてくれ、そのまま司令室へ向かった。

「やー、今回はほんとにご苦労さんだったな」

司令室で待っていた司令が、ソファの方を手で示しながら、まず労いの言葉をかけてくれた。

「はー、でもなんら成果を得られず、申し訳ありませんでした」

晋悟がいろいろ助言をして、作戦を立てたことについてである。

「いや、君が謝ることはない。そうそう、例の領事館の話だ。まず、これが日本船の行動予定だ」

そう言って、A４の紙一枚を晋悟と同席している、いそなみ艦長の前にも置きながら続けた。

「入手するのに苦労したらしく、必ずしも全てではない、という条件付きだ。まあ、参考にはなるだろう。それと無人島の探索だが、これも条件付きで、まず武器を持って上陸するのは止めてもらいたいということと、部隊は君のところの少人数に限るということだった。無人島は領事館でもつかんでないようだったね」

「武器の件は、わかりました。しかし、シーマンは通常シーナイフを腰に着けていますよね。それに私は、服装の一部として旧海軍の短剣を腰にしてるんですが……」

「うーん、武器の定義の話か。まあ、そこのところは艦長の判断に任せるよ」

「分かりました。いろいろご配慮を頂き、有り難うございました」

晋悟は、頭を下げた。たぶん「はぐろ」でペナンに入港するなり、司令は領事館で直談判したに違いない。それがこの成果であろう。

「さー、それでと、〝いそなみ〟は本来今夕出港の予定だったが、明朝にすることにした。それは、〝いそなみ〟の初哨戒の前に、亀さんから去年のことも含めいろいろ聞いておいた方がいいんじゃないか、と思ってね。で今晩またやるか、新艦長の歓迎会も含めてな。二人は旧知の仲だったらしいじゃないか、積もる話もあるだろう」

司令は、もう決めたようににこにこしながら言った。

「分かりました。お供させていただきます」

晋悟は、そう答え、

「いそなみ艦長、じゃ午後一番で話をしようか」

「よろしく、お願いします」

後輩の相田艦長が、司令のいる前では殊勝な言い方で頭を下げた。

三

「今回は、してやられたようね」

開口一番のミンユーの言葉だった。

晋悟が予想したとおり、ミンユーの情報入手は早かった。

晋悟は、ペナン入港後いそなみ艦長への話や司令の海幕への報告の資料作成、さらには士官室幹部との上陸等々で、結局私的に上陸したのは、三日後の夜だった。

いそなみ艦長への話では、主として今後の行動を見据えて、晋悟の考えや思惑を余すところなくすべて伝えたが、ミンユーについては今までどおり言及することはなかった。士官室幹部との上陸は副長からの誘いで、無下に断わる訳にはいかなかったのである。

そんな訳で例によってミンユーの店に顔をだした後、今までと違って晋悟の方から積極的に、これも馴染みのクラブへ誘ったのである。

ミンユーが海賊の一味であろうと、ミンユーのいうとおり単なる情報屋から金で買った情報だろうと、それはもうどうでもよかった。なんとしても、海賊の実態を摑みたかった晋悟だった。

例によって、観葉植物に囲まれた奥まった席に落ち着き、ボーイが注文を取りにきて去るのを待ってのミンユーの言葉である。

「うん、見事にやられた……」

正直に晋悟は言った。

「でも、あなたのところの海軍が臨検をする現場に、シンゴのお船はいなかったのでしょう」

「うん、うちの艦はペナンに停泊中でね、夜中に緊急出港してジャワ海に向かったが、臨検の現場には間に合わなかったんだよ」

「しかし、まんまと騙されたわね。その船は海賊船そのものよ」

（しまった！　やはり……）

心臓が飛び出すように、晋悟は驚いた。でも、冷静さを装って唾を飲み込んだ。

「やはりそうか。でも船長は日本人だったし、そのうえ書類検査でも不審点はなかったということだったよ」

「ウッフフフ……」

ミンユーは、手を口に当てて含み笑いをした。

「日本語を流暢に話す人間なんか一杯いるわよ。それに、書類だっていくらだって偽造できるし……」

晋悟は、大型タンカー船員の「船乗りの勘」と言っていたことを思い出していた。ミンユーが続けた。

「今回は、海賊首領のあなたへの挑戦だったのよ。だから、獲物を解放するのもいつもより早く、十分あなた方が捜索できる時間を与えた。そして、見事その捜索の網をくぐって、それもこの地に派遣されているあなたの海軍のすべての艦の網を抜けて成功させたのよ。もう連中は大喝采よ」

ミンユーは、熱弁になってきたが、ボーイが三杯目のカクテルを持ってきたので話が中断されてしまった。

「一隻は、日本船に偽装したのが成功したでしょう」

彼女は、グラスを口にもっていきながら続けた。

「そして二隻目は、あなた方の艦が偽装船にかかりっきりになっている隙に逃走したし、三隻目は島陰に潜んでほとぼりが冷めてからゆっくりと逃走したのよ」

晋悟は、彼女の明快な説明に呆気にとられていた。

「三隻の挑戦がすべて成功したことで、首領はもう大満足よ」

晋悟は、ミンユーの目を凝視した。

「あら、前にも言ったけど私は海賊の一味じゃないわよ。もうお金欲しさに情報屋がしつこく言ってくるのよ」

もうそのことはどうでもよかった。晋悟には新たな疑問が湧いていた。

(いったい、この女は味方なのか、敵なのか……)

このことである。

しかし、それももうどうでもいいことかも知れなかった。

「いや、いい情報を教えてくれて有り難う。〝南海の虎〟としては、俄然闘志が湧いてきたよ。いや本当に感謝する」

晋悟の正直な思いだった。

「それは、よかったわ。喜んでもらって……。でもシンゴ、気をつけてよ。首領のあなたを抹殺せよ、との指令はまだそのままよ。陸の上にいるときだって危ないわよ」

「いや、有り難う。せいぜい注意するよ」

と、言いながら、思わず晋悟は周りを見渡してしまった。今宵は、比較的客は少なく、やや離れた席に二、三組がいる程度だった。

ミンユーは、三杯目のカクテルを干すと立ち上がりながら、

「シンゴ、この話はもうおしまい。踊りましょうよ」

と言って、晋悟の腕をつかんだ。

この夜も、晋悟が「ふゆづき」の舷門を渡ったのは、もう時計の針が翌日の領域に入った後だった。

自動車運搬船

一

「これだ！」

晋悟は、思わず声に出してしまって、周りを見た。

ここは「ふゆづき」艦長室のソファで、自分以外誰もいる訳がなかった。

テーブルの上には、一枚の紙が置いてあった。司令からいただいた、例の日本船の行動予定である。その予定表で、一番大型で日本製の新車を満載している自動車運搬船が晋悟の目にとまった。日本からアラビア半島のアデン港に向かう自動車運搬船で、横浜を出港してバシー海峡から南シナ海を南下し、マラッカ海峡は避けてスンダ海峡を通ってインド洋へ出る計画である。

その自動車運搬船「第二大和丸」が、晋悟の艦が東方哨戒のためペナンを出港して五日目の夜、マラッカ海峡の東側入口付近を通過するのである。

（これは、間違いなくねらわれる……）

海賊側にしてみれば、格好の獲物に違いない。時期的にも、前回の大型タンカーの獲物の処理が一段落して、次を狙うちょうどいいタイミングだ。

晋悟は、思考を回転させた。

相手側の手口は、最近のやり方、すなわち前回の大型タンカーとほぼ同じと見ていいだろう。その場合、襲われたあとも船員はそのまま在船しているので、いわば人質としてとられているようなものだ。いくら武器使用基準が緩和されたといっても、邦人を怪我させては元も子もなくなってしまう。すると、当方の処置は前とそう大きく変わるものではない。

（やはり隠密行動か……）

昨年の豪華客船インペリアル・フラワー号の人質奪還作戦と同じように考えるのが順当か……。

当該客船からの救難信号で始まった人質奪還作戦は、比較的交通量の少ない海域で漂泊させられている客船に、灯火を消した「ふゆづき」が近づき、海賊に気づかれないように「臨検隊」および艦長の乗った「臨検特別隊」を送り込んで、まず船橋を制圧し、以後晋悟の機転と子飼いの部下たちの奮闘で作戦を成功裡に遂行したものである。

しかし、今回の場合はすでに通信室は占拠されているだろうから、被害船からの情報は皆無ということになる。

これはどうしても、先手を打つ必要がある、積極的にである。そこで大切なことは、まず想定被害船の第二大和丸を早い時期から捕捉し、船名まで確認することだ。海賊船にはもちろん、できれば日本の船にも気づかれないように……。

（ヘリによる索敵だ……）

索敵は広範囲になるであろうし、また必ずしも計画の時刻どおりに来るとは限らない敵ならぬ同胞の第二大和丸なのだが……。

ヘリは、二機同時の使用がいいだろう。またヘリに活躍してもらうことになる。大いに張り切る飛行長の顔が目に浮かんで、晋悟は思わずニヤリとした。

「入ります！」

その時、ドアをノックする音に続いて元気な声が響いてきた。士官室係がコーヒーを持ってきてくれたのだ。

「あー、有り難う。おーそうだ、副長を呼んでくれるか」

晋悟は、テーブルの紙を手にとって、コーヒーを置く場所をあけながら言った。

「あ、はい。帰ります！」

士官室係はそう言って、後ろ手でドアを開けながら頭を下げた。

ペナンでの五日間の休養と補給や整備を終えて、次の東方哨戒への出発の日の午後、課業整列が終わって一段落した時間帯で出港までの間、副長も一息ついた頃に違いない。

ミンユーに会った夜から海賊対抗策を、頭の中で考え続けてきた晋悟だったが、「南海の虎」たるDD119「ふゆづき」および亀山晋悟は、常に海賊側に監視されていると考えた方がいいだろう。すると、次の一手は極めて慎重に事を進める必要がある。

「敵を欺くには、まず味方を欺かなければならない」

まして、自分自身まず「無」の状態にある必要がある。

と、晋悟は考えて、今まで結論らしきものは出していなかったのである。まあこれは、いわば自己満足なのかも知れないが……。

しばらくして、ドアがノックされた。

「艦長、お呼びですか」

「あー、副長。まー、座ってくれ。ところで、何か作業中じゃなかったかな」

晋悟は、老練の副長を気遣った。

「いえ、ちょうど一休みしようか、と思っていたところです」

「うん。実はな……」

晋悟は、前のテーブルに司令からいただいた紙を広げながら、今まで漫然と考え続け、つい先ほど確立させた具体策の概要を話した。

　副長は、驚いたような顔をして、

「これは、またおとり作戦ですか」

　と、言った。

「いや、海賊の襲撃はあくまで予想だし、それに当該船はまったく知らない訳だから、決しておとりではない。しかし、もし予想どおり事が運ばれた場合は、結果としてそういう言い方が、あるいはできるかも知れないな。ともかく、我々の使命は日本船を含むすべての船舶の安全を守ることと、最終的には海賊を根絶やしすることだ。そのためには、考えられるあらゆる手段を使う必要がある。とはいっても、やはりおとり作戦かな……」

　と言って、晋悟は笑いかけた。

でも、副長の真剣な顔は変わらなかった。笑いをやめて、晋悟は続けた。

「で、まず必要なことは、第二大和丸を確実に捉えることだ。これは、飛行長を通じて各パイロットによく言っておいてくれ。で、捕捉できたら以後確実なレーダー追尾だ」

　副長は、手に持っていたノートをひらいて、メモをとりだした。

「そして、日没後はなるべく第二大和丸に接近して、とくに近づく高速船に注意だ。昨年の自動車運搬船港南丸のときと同じようにな。その小型高速船が、第二大和丸と合体し、かつしばらくして小物体が船から離れたら、これはまさしく昨年と同じケースだ。すなわち、海賊が小型高速船で接近し乗り移って、まず船橋を占拠し確実に船を支配下においた後、船員を救命ボートに乗せて海に放り出すやり方だ。この場合は、わが方は強行手段に出る。もちろん、救命ボートの船員の救助も同時並行的に行なうがね」

晋悟は、一生懸命メモをとる副長のため、間をおいた。

「しかし、おそらくそれはなくて、第二大和丸は島陰に連れていかれるだろう」

副長は、映画を見るような顔で晋悟を見た。

「その場合は、わが方は敵に気づかれないように追尾し、相手が投錨するのを待つ……」

以後は、臨検隊および艦長自らが指揮する臨検特別隊を向かわせるなど、やや細部について説明し、最後に、

「以上が私の考えている概要だが、これはあくまで予想であり、皆に話すのは本夕出港後にしてくれるか。準備の時間は十分あるし、それに海賊側も相当に当方を気にしているはずだ。すこしでも〝動き〟があると彼らに感づかれる恐れがある」

副長は、音を出して唾を飲み込むと、ますます真剣な顔になった。

「それと、これは杞憂かも知れないが、臨検特別隊で相手船に乗り込んだ私が帰ってこなくなった事態になったときだが、君がＣＩＣから直接〝はぐろ〟を呼び出して、当直の隊付にすべてを話してくれ。隊付は司令に報告するだろうから、その指示を仰いでくれ。今回も応援の艦はないと思った方がいい」

副長の顔は、引きつってきた。

「いや、万一の場合のことだ。大丈夫、私は必ず帰ってくる」

と言って、晋悟は笑ってみせたが、副長の引きつった顔は変わらなかった。

晋悟自身もそうは言ったものの、

（確証はない……）

と、自分で思っているのだが、このままではまずい、と考えなおし、

「うん。今朝の司令への出港報告では、概略のことはお話しておいたので、すぐ了解されて適切なご指示を出されると思うよ」

と、晋悟が言うと、副長はややホッとしたような表情に戻った。

が、実際司令への報告では、日本船舶の行動予定をいただいたことでもあり、オリジナルの哨戒計画を大幅に変更することがある旨の了解をとっただけで、具体的な計画は一切話していなかったのである。

「出港前で副長も何かと忙しいだろう。私の話は以上だ」

晋悟が言うと、副長は立ち上がりながら、

「分かりました。では、出港して一段落したら、主要幹部を集めて艦長のご方針を伝えます」

と、元の顔に戻って帰りかけた。

「あー、副長。忙しいときに済まんが、運用の真田二曹を呼んでくれるか」

「はい、隼人ですね」

副長も、海曹クラスをよく把握しているようだ。みんなが「隼人」と呼んでいるのを知っているのだろう。

まもなくノックの音と同時に隼人が艦長室に来た。

晋悟は、例によって隣の寝室の冷蔵庫からジュース缶を二つ取ってきてテーブルの上に置きながら、

「実はな、隼人……」

と切り出し、今哨戒中に行なおうとしている海賊対抗策を、副長に話したのとほぼ同じ内容で説明した。その前に、ミンユーに会ったこと、そしてミンユーからいろいろな情報を得たことを隼人に話すのを忘れなかった。

隼人は、ミンユーについては、晋悟が副長や他の幹部はもちろん、司令にさえ話していないことを十分承知していた。また晋悟も、隼人を信用していたのである。

「そこでだ。最近ちょっと陸上施設での訓練、隼人に任せっきりで見ていないけれど、例の特別隊に加わった二人はどうかな」

ペナンにおける訓練施設は、昨年晋悟の要望が受け入れられて借りてくれた工場の跡地が、

そのまま継承されている。その工場の一部を海賊船に見立てての訓練は、今年は隼人に任せっきりで、晋悟は初めの頃、二度ほど見に行っただけだったのである。

「ええ、彼らは昨年の特別隊にあこがれて今年入っただけあって、それは頑張っていますよ。十分使えると思います。それなりに、鍛えたつもりです」

「うん、すまん。有り難う」

晋悟の正直な気持ちだった。正規の臨検隊もさることながら、最後は十名の臨検特別隊が、晋悟にとって頼みの綱だった。それも、全般指揮の真田隼人二曹、二つのグループ長の熊谷直弘三曹と池野忠義三曹の三人は、昔からよく知っている子飼いの部下で、晋悟と息が合い、最も信頼がおけるのである。

「さて、臨検特別隊の行動だが、昨年のインペリアル・フラワー号のときと同様に、相手に気づかれないように接近してまず船橋を制圧する。以後どうするかだが、情報はまったくと言っていい程つかめないに違いない」

晋悟は、最近の連中の手口を説明しながら続けた。

「ただ、人数は今までの経験からいって、七、八人程度だろう。そして彼らの配置は、二人一組とすると、船橋に二人、機械室に二人、通信室に二人、残りは船長に張り付いて一、二人ということになろうか。船長と一緒にいるのがおそらくリーダーだろう」

晋悟は、ちょっと間をおいて、

「で、後は臨機応変に行こう。おれがその場で指示する。以上だが、何かあるか」

晋悟は、逆に隼人に聞いた。

「いえ、よく分かりました。艦長の言うとおり動きます」

隼人は、やや真剣な顔になって答えた。

「うん、頼む……」

「さっそく熊谷と池野に話して、心積もりをさせておきます。艦長、ジュース有り難うございました」

と言うと、隼人は立ち上がって艦長室を出て行った。

二

「艦長！　一番機発艦させまーす！」

哨戒長が叫んだ。

晋悟は、右手を上げて了解を出すと艦長椅子から下りて左舷のウイングに出た。

航空機の爆音が一段と大きくなると、一番機が左舷へ出た。いつものように左艦橋の横あたりでちょっとホバリングをして、すぐ舞い上がっていった。

（頼むぞ……）

晋悟は、胸のうちで祈るように呟いた。今回の作戦は、まずこのヘリによる第二大和丸の発見にかかっているのである。

「ふゆづき」がペナンを出港して四日目の早朝、日出前から準備していたヘリによる「索敵」が始まった。

晋悟は、ペナン出港後オリジナルの東方哨戒のコースを取らしていたが、二日目の日没後スンダ海峡へ向かって南下していた「ふゆづき」を、漆黒の夜になってから突如反転させ、行き会い船の状況を見ながら航海灯をすべて消灯させた。海賊の監視から逃れるためである。めざすは、台湾の南にあるバシー海峡を抜けてスンダ海峡へ向け最短距離をとるであろう第二大和丸。その航路の逆行を開始したのである。

航空機が二機とも飛び立つと、副長が晋悟の所へ来て、

「艦長、ヘリとの交信はいつものように艦橋でモニターできるようにします」

と、言った。

「ああ、そうしてくれ」

晋悟は、艦長椅子に戻ると前方を見た。

折しも日出前の朝焼けの中、銀色のヘリ二機が朝日を受けて、キラッ、キラッと輝いていた。

「ふゆづき」は、すでにボルネオ島とナトゥーナ諸島の間を抜けて、南シナ海に出ていた。

引き続き海は静かだが、さすが大洋、ときどき大きなうねりが「ふゆづき」を襲っていた。

（なんとしても、今日、日のあるうちに第二大和丸を捉えて欲しい……）

晋悟の切なる願いだった。

それにしても、素晴らしい朝焼けだ。

北上中の「ふゆづき」の右舷側の水平線上、雲一つない空が真紅に輝き、今まさに太陽が顔を出さんとしている。同じような光景でも、夕焼けのそれは沈みゆく太陽のせいか、何故か哀愁を秘めて感ぜられるが、朝焼けの場合は、希望に満ちた元気ささえ感じさせてくれる。まさしく「ご来光」のせいであろうか……。

「艦長！　異常ありません」

いつの間にか、飛行長が艦長椅子の後ろで報告していた。

「あー、飛行長。ご苦労さん」

晋悟は、我に返って応えるとともに、すぐ次の問題が頭に浮かんだ。

「飛行長、今日は長丁場になる可能性がある。で、ヘリの給油なんだが、これは飛行長に任せるので、適宜やって欲しい。なんとしても、今日明るいうちに目標の第二大和丸を確認したいんだ。だから、なるべく二機の滞空時間を長くとるようにしてくれるか……」

飛行長は分かっている、と思いながらついくどい言い方をしてしまったことに、晋悟は反省した。

「はい、分かりました。そのようにします」

律儀な飛行長は、真面目に答えて艦橋を下りていった。

副長が設定してくれたヘリとの通信系が、状況報告であろう小さく呟くように聞こえるが、艦橋内は私語を話す者もなく静かで、ただときどき襲ってくる大洋の波を艦首が切る音だけが、その静寂を破っていた。


晋悟は、やや焦っていた。

ヘリによる索敵を開始したとき顔を出した太陽も、すでに中天を過ぎ、西に傾きつつあった。二機のヘリも交互に何回目かの給油を行ない、パイロットも交代させているが、問題の第二大和丸は、まだ発見されなかった。

この間、二回ほど索敵報告があった。一隻目は確かに自動車運搬船で一番機が船名確認のため近づいたが、何を勘違いしたか、マストに国旗を掲げたという。もちろん、日の丸ではなかった。もう一隻は、単なる大型貨物船で外国の船名であった。

晋悟は、考え込んでしまった。

(第二大和丸は、本当に来るのか……)

このことである。

しかし今の晋悟としては、領事館がわざわざ作成してくれた例の一枚の紙を、今すぐ反故にすることも出来なかった。

問題は、いつ諦めて反転、元の任務につくかである。いつまでも南シナ海を北上するわけにはいかない。こうしている間にも、オリジナルな哨戒海域で、別の船が海賊に狙われないとも限らない。

いずれにしてもヘリによる索敵は、最後は目視確認となるので、日没後まもなく撤収しなければなるまい。

（よし、日没までは現索敵の続行だ……）

晋悟は、腹を決めた。

さらに日が西へ傾き出した。太陽の輝きも心なしか弱くなっていく。名残を惜しむように……。

まさにその時、ヘリの通信系が騒がしくなった。

「艦長！　哨戒長！　一番機が、目標を発見したようです！」

いつの間に来ていたのか、通信士が叫んだ。

（よし……！）

晋悟は、思わず声に出しそうになったが、ぐっとこらえた。

艦橋内の当直員たちから、「オー」というような歓声が上がった。

待ちに待った報告である。

（目標は、第二大和丸であってくれ……）

後は願うのみである。

しばらくして、再び通信士が、

「一番機からの報告です。目標は、第二大和丸に間違いなし。船名を確認した。以上です！」

と、報告した。

晋悟は、左手を上げて了解の意を伝えると、とたんに体の力が抜けていくように感じた。

まず、第一の目的は達成した。

しかし考えてみたら、これはあくまで領事館の情報資料に基づく晋悟の予想に過ぎない。実際海賊がこれを襲うのかは、それこそ海賊側の思惑にかかっているのだ。

が、すでに賽は投げられた。あとは、晋悟の信念に基づく行動あるのみである。次である。

晋悟は、考えを新たにした。

いつの間にか、副長が艦長椅子の近くにいた。

「あー副長、ご苦労さん。言うまでもないが、ヘリの探知目標のフォローを頼む」

と、晋悟。

「はい、一番機からの位置情報で、本艦レーダーへの移管は完了しています。間違いなくこれを継続フォローさせます」

「うん、頼む。で、二機のヘリの中、二番機は着艦させよう。一番機は、引き続き位置確認を続けさせてくれ。ただ、これも日没までだな。二直制とはいえ、搭乗員には少し休んでもらおう。また活躍してもらうときに備えてな」

と言って、晋悟はニッと笑って見せた。

「そうですね」

と、緊張続きの副長の顔にも、やっと穏やかさが現われて、晋悟もほっとした。

後は、いかに第二大和丸に悟られることなく追尾していくか、である。晋悟は、哨戒長にも申し継ぎを徹底するよう指示した。

「そこで、今後の方針だが……」

晋悟は、改めて副長の顔を見つめ、第二大和丸は領事館の情報より大分遅れて航行していること、追尾については、昼間はなるべく同船に気付かれないように距離をとるが、夜間は同船になるべく接近して近づく目標に注意させること、とくに、船側が油断する深夜が危ないこと、場所（海面）、時間等、全般的情勢から判断して、明後日の夜あたりが一番海賊襲撃の可能性があること、などを副長に告げた。

二番機を収容した「ふゆづき」は、大きく旋回して、第二大和丸を斜め後方から追尾すべく運動を開始し、再びナトゥーナ海さらにはジャワ海に向け南シナ海を南下し始めた。ペナンを出港して、四日目の夜を迎えようとしていた。

三

「艦長、ちょっとこの画面を見ていただけますか」

艦橋の艦長椅子の隣で、副長が言った。

「ん……」

晋悟は、艦長椅子で仮眠から目覚めた。

第二大和丸を追尾し始めてから二日目の夜、それは「ふゆづき」がペナンを出港してから六日目になるが、その夜、それも深更に近い刻限である。「画面」は、レーダーレピーターのことである。

「二時間程前から探知していた目標ですが、ここにきて急激に第二大和丸に接近を開始したようです」

副長が続けた。副長は、ひょっとして、ずーっとCIC（戦闘指揮所）に詰めていたのか。

（海賊の襲撃だ……）

晋悟は、完全に目が覚めた。

「やはり、来たか……」

晋悟は、副長に応えたのと同時に、自分の予想どおりであることへの感慨に近いものが、思わず口に出たのかも知れないと思った。

「副長、でかしたな。よーく、フォローさせてくれ」

「はい。有り難うございます」

表情は、暗くて分からないが、嬉しそうな副長の声だった。

晋悟が続けた。

「で、第二大和丸が基本コースのスンダ海峡へ向かわないときは、いよいよ海賊に乗っ取られて島陰へ向かうと見ていいので、総員配置につけよう。臨検隊や臨検特別隊の派遣用意もな。号令は、艦内だけで艦外に出ないようにしてくれ」

副長は、当然そうすると思いながら、つい念を入れてしまったことを、晋悟は悔いた。

「分かりました。引き続き精密走査させます」

副長は、真面目に応えると、CICに向かうのだろう、艦橋を下りていった。

しばらくして、艦橋のテレトークの緑灯が点灯した。

「艦橋！　CIC、副長ですが、艦長へ。目標は航路を外した模様です。配置につけたいと思います」

晋悟は、艦長椅子から飛び降りて、みずからテレトークのスイッチを上げ、

「分かった。そうしよう」

と言って、腹の底から声をだして令した。

「配置につけ！」

哨戒長の水雷長が、コンパスの下にあるアラーム（警報機）のハンドルを引いた。

「水雷長！　部署の発動だ！」

晋悟は、引き続き指示した。

水雷長は、「マイク！」と言って、

「不審船対処用意！　臨検隊派遣用意！　臨検特別隊派遣用意！」

と、立て続けに令した。もちろん、マイクの音声はあらかじめ艦内のみとしてある。

今まで熟睡していた非番直員を含め、総員があらかじめ定められた配置（場所）へ急行するのである。

その「部署」名はアラーム（警報音）と共に令される。今回の場合は、不審船対処部署で、その「部署表」に誰々は何処で何をする、と固有名詞で示されている。だから、新しい艦の乗り組みを命ぜられた海上自衛官は、乗艦したらまず部署表で自分の配置を確認し、よく覚えておかなければならない。

蛇足だが、乗艦して日も浅く、要領を得ないうちに訓練が始まってしまってうろうろし、先輩たちからどやしつけられる者もときにはいる。したがって、とくに教育隊を出てきたばかりの新任海士が乗艦してくると、その直属上司の班長（二曹または三曹）は、懇切丁寧に、それこそ手取り足取りで教え込むのである。

蛇足が長くなったが、ついでに、自衛艦を見学したことのある読者諸氏は、あるいは気がつかれたに違いないが、艦内外の階段（というより梯子に近い代物だが）の壁には、必ず矢印が画かれている。これは、階段の昇り降りの方向を示すもので、いわば一方通行である。だから、自分のベッドから自分の配置の場所までの階段の方向を普段から、よーく頭に入れておかなければならない。

ともかく、百人以上の乗員が、一斉に自分の配置に向かって駆け足で移動するのである。そうでなくとも狭い艦内通路で、そこにある階段は大人一人がやっと通れる代物であり、そんな所を逆行でもしようものなら、それこそ大混乱に陥ってしまうのである。

本題の話に戻そう。

「哨戒長、服を着替えてくる」

晋悟は、そう断わって艦長室へ行った。

服は初めから戦闘服装であるので、防弾チョッキを着、弾の入っていない弾帯を着け、それに旧海軍の短剣を吊るし、正帽を被った。手には、薄手の黒の皮手袋を持った、昨年とまったく同じ服装である。

この短剣は、祖父が残してくれたもので、「波平」の銘がある。晋悟が江田島の幹部候補生学校を卒業した際、父が渡してくれたのだ。その昔、海軍士官方は、海が平穏になるという縁起をかついで、好んで「波平」銘の刀を軍刀に仕込んだという。だから、くだんの短剣は、官製の短剣に比べ分厚く、長さも長く、とてもスマートな海軍士官の下げている短剣とは思えないが、晋悟は祖父の思いが込められているせいか、なぜかこの短剣が好きだった。

再び艦橋に上がると、副長が待っていた。そばに砲雷長も、戦闘服装の上に防弾チョッキを着込み、ヘルメットを被って、腰の弾帯には拳銃を下げて、緊張した面持ちで晋悟を凝視していた。

「艦長、不審船対処用意よろし。臨検隊および臨検特別隊も、艦長以外派遣用意よろしいです」

と、副長が報告した。

「うん、ご苦労さん」

晋悟は、応えながら、

「第二大和丸は、まだ投錨してないようだな」

一人呟くように言って、

「よし、目標が投錨するまで、その場に休ませよう。行動を起こすのは、投錨して少ししてからだ」

と言った。

「はい、分かりました。乗員は休ませます」

副長は言って、哨戒長の航海長に、

「各部へ、その場に休めを令してくれ」

と指示した。

「その場に休め」は、実際の行動を起こすまで時間的余裕がある場合、よく使われる正規の号令である。あるいは、緊張を継続させるのを一時的にせよ和らげる配慮かも知れない。いずれにしても配置に付いた状態は変わらないので、いつでも行動を起こせる態勢にはなっている。いよいよ行動を起こすときは「元の配置につけ」と令される。

晋悟は、砲雷長の方へ向き直って、

「砲雷長、いつもの訓練のとおりやればいいからな。打ち合わせたとおり、目標の右舷から乗船し、まず右舷の船橋から攻めてくれ。おれは左舷の船橋から突入するので、おれの行動に合わせて突っ込んでくれればいい。慌てないでいい。多少遅れてもいいから、おれが突っ込むのを確認してからにしてくれ」

と、念を押した。

晋悟は、砲雷長にとって初めての経験であろう本番の臨検隊指揮官で、それもやや強行的手段で臨むことに、少しでも緊張をほぐしてやろうと思い向けた言葉だったが、砲雷長は緊張した面持ちを崩さず、

「分かりました。よろしくお願いします。配置に戻ります」

と頭を下げ、艦橋後部へ向かった。

全部の航海灯を消した「ふゆづき」は、漆黒の南海をひたすら第二大和丸の後を追った。

晋悟の思惑どおり、第二大和丸はやや速力を落として、名も知れぬ島陰へ向かっているようだ。

しばらくして、さらに速力を落としたようである。間もなく投錨するに違いない。

「艦長！　減速します」

航海長が、静かに声を出した。

「うん、そうしてくれ」

晋悟は応じながら、めがね（眼鏡）を見ていた。くだんの自動車運搬船は、昨年の豪華客船と同じくらい大きいと思った。

だが、所詮船は、形は同じだと思った。

臨検特別隊は、左舷側から舷側をよじ登り、左舷通路を前方へ走って船橋を占拠しなければならない。それも隠密裏にである。

晋悟は頭の中で、その行動を思い描いていた。おそらく、隼人が真っ先に進むだろう。

「艦長、第二大和丸は停止した模様です。間もなく投錨するものと思われます。本艦も停止します！」

「うん、いいだろう」

自衛艦は、通常後進投錨を主用している。すなわち、あらかじめ定めた錨地を前進で一度通り過ぎた後、後進で下がり定位置で投錨するのである。特に自衛艦のうち護衛艦は、艦首に大きなソーナードームを持っているので、錨鎖でこれをこすって傷めないための配慮である。ところが、一般船舶はドームがないので、前進のまま速力をおとして投錨するのが一般的である。

「風向はどうか?」

晋悟が、航海長に聞いた。

「はい。真艦首です。このままで、大丈夫かと思います」

「うん」

航海長は分かっている、と晋悟は思った。

船は投錨すると、風や潮流の影響を受ける。せっかく隠密裏に後ろから近づいているのに、投錨したとたん船が風に立って、船首がこちらを向いてしまうと、海賊に「ふゆづき」が、発見されてしまう恐れがあるが、それはない、と航海長が答えたのである。

「ガラガラガラ……」

突然、遠方で、かすかだが投錨の際生じる、錨鎖が甲板を走る音が聞こえてきた。

「目標は、投錨しました。後進で行き脚を止めます!」

「うん。後進の前に内火艇を発進させよう。元の配置につけさせてくれ」

「はい、分かりました。元の配置につけます！」

と答え、航海長が無電池電話で各部に命じた。

晋悟は、艦長椅子から降りて、

「じゃ副長、行ってくる。あとを頼む」

と言うと、副長は再び緊張した顔になって、

「はい！　お気をつけて！」

と、敬礼をした。

晋悟が左舷の第二内火艇に行くと、

「艦長！　臨検特別隊よろし！」

隼人が報告した。

「うん、皆揃っているな。よし、頑張って行こう！」

晋悟が言うと、全員が、

「はい！」

と、元気よく答えた。

晋悟が内火艇に乗り移ると、水面まで降ろされ、艦橋からの「発進！」の令で第一、第二内火艇は同時に艦を離れて、目標へ向かった。

二隻の内火艇は、海面を滑るように進んでいた。

だんだん近づいてきた第二大和丸は、すでに錨を入れ終わって、甲板上にいくつもの灯火を付けていた。船首が風潮によって振れることもなく、したがって二隻の内火艇は目標の後方から近づくことができた。

その船尾に、小型高速船らしきものが繋がれていた。海賊が乗り移る前に、乗っていたものであろう。

やがて、晋悟の乗った第二内火艇は、艇首の海士が先に鈎のついたロープを投げ縄のように回して上方へ投げ、舷側の手すりにうまく引っかかった。同様に、艇尾でも海士が投げ縄でロープを留め、二人とも手に網の端をもってロープを伝い、甲板上に降り立った。まるで、猿のようにである。そして、またたく間に自動車運搬船の舷側に網が張られてしまった。

上を見上げていた隼人は、振り返って晋悟の了解をとると、真っ先に網を駆け登り、熊谷と池野が続いた。晋悟も網に飛びついた。

十人の臨検特別隊総員が、甲板上に勢ぞろいするのに大した時間は要しなかった。

「よし、行くぞ！」

晋悟の合図で、隼人を先頭に船橋と思われる方向に一斉に走り出した。

(砲雷長の隊は、うまく上がれたかな……)

晋悟は一瞬思ったが、もう賽は投げられている。確かめる暇とてない。

先頭の隼人は、まるで自分の船のごとく、上へ上へと上りつめ、船橋左舷ドアにたどり着いた。そのドアは閉められているが、幸い大きな四角い舷窓がついている。中から煌々と明かりが漏れている。

その舷窓の下に屈みこんだ隼人が、晋悟の方を見た。晋悟は、隼人のとなりに同じように屈んで中を覗き込んだ。広い船橋である。船橋内の全ての灯火が点灯されているのだろう、中は昼間のように明るかった。

その船橋の中央付近に、おそらく本船の船長と思われる中年の男性が立っており、そのすぐとなりに東洋系の長身の男が、右手にピストルを持って中年男性に何か話しかけている。これが、おそらくリーダーだろう。

中央の船長とリーダーの右舷側には三人、やや遠くて人種は不明だがそれぞれ自動小銃らしきものを持ってはいるが、一人はそばの機器に立て掛けているし、あとの二人は肩から吊っている。

左舷側には、東南アジア系と中東系と思われる二人、一人はやはり自動小銃らしきものを持っているが、前方の壁に立て掛けてあるし、もう一人は肩から吊っている。

全体として、占拠したときまったく抵抗がなかったので、すっかり安心しきっている雰囲気である。

リーダーと船長の立っている所から少し後ろの方に、海賊に襲われたとき船橋でウォッチについていたと思われる日本人四、五人が、固まって床に座らされていた。

晋悟は、瞬間的に状況を把握し、隼人と熊谷、池野へ指示をして、みずからドアを開け、船橋内に飛び込んで、まっすぐリーダーへ突進した。隼人がほぼ同時に走り出し、晋悟の前に出た。

船長に話しかけていたリーダーは、物音に気が付いて晋悟の方を見、突然のことで一瞬何が起こったのかわからないような顔をしていたが、慌てて右手のピストルを構えようとした。が、そのピストルを隼人の自動小銃の台尻が跳ね上げていた。と同時に、素手になったリーダーの右手を晋悟が捉え、背中へ捻じ曲げていた。

ほぼ同時に、右舷のドアが開き、砲雷長が、

「ホールダップ！（手を上げろ！）」

と大声で叫びながら突入し、その両隣から自動小銃を突き出した臨検隊員たちが飛び込んできた。

隼人の右側を走っていた熊谷は、銃を肩から吊っている男に飛び掛かり、あとの二人は銃を構える暇もなく、砲雷長隊の隊員に自動小銃を突き付けられた。

左舷側では、池野が真っ先に銃を肩から吊っていた男の腹に当て身を加え、もう一人は立て掛けてある銃を取ろうとして、特別隊の海曹に跳ね飛ばされた。

ほとんど、一瞬の間の出来事だった。

「よし、縛り上げろ！」

晋悟は命じ、用意してきた電気コードで、リーダーを除く五名の両手を後ろで縛り上げた。リーダーには隼人が自動小銃を突き付けたままである。

晋悟は、捻じ曲げていたリーダーの右手を放し、

「通信室に、仲間は何人いる？」

と、日本語で聞いた。

「………」

日本語は分からない、という意味か首を振って見せた。

晋悟は、腰の「波平」を抜くと、リーダーの頬に当てた。

「ヒェー……」

と、リーダーは異様な言葉を発した。

「これは、サムライ・スウォードだ。切れ味抜群だ。日本語が分からない、とは言わせないぞ。さっき本船の船長と話をしてたじゃないか」

と、晋悟は言いながら、船長の方を見た。船長は、無言で頷いた。

「さあー、何人いるんだ！」

と言いながら、男の頬の「波平」に力を入れた。

「ヤ、ヤメテクレ！　フ、フタリダ」

リーダーは、悲鳴に近い声を上げ、答えた。

（合計で八名か。妥当なところか……）

晋悟は、思った。

「船長……！　で、よろしかったですね。我々は海上自衛隊です。通信室はどこですか？

通信室とは電話で話せますね」

晋悟は、海賊のリーダーに「波平」の短剣を突き付けたまま、船長に立て続けに聞いた。

「有り難うございます。助かりました。船橋のすぐ後ろです。そこのドアを進んで、すぐ右側の部屋です。これが通信室との電話です」

と船長は言って、前面の壁に架けてある電話を指で指した。晋悟たちが突然現われたので、ややホッとしたようだが、まだ相当に緊張しているようだ。

晋悟は、リーダーに向き直って、

「通信室の仲間に、武器を捨てて、両手を上げて船橋にくるように言ってもらおうか！　日本語でな」

と、命令口調で言った。

「カレラハ、ニホンゴワカラナイ」

と、リーダーは言った。

「そんなことはないですよ。通信室へ行った二人の中の一人は東洋系で、私にピストルを突き付けながら、通信室の場所を日本語で聞いたのですから」

船長は、落ち着きを取り戻したようで、弁舌さわやかになってきた。

通信室に行った東洋系の一人は、副指揮官なのだろう。外部への通信をシャットアウトするとともに、自分たちの仲間との通信の役目を持っているのかも知れない、と晋悟は思った。

「さあー、電話で話せ！　早くしろ。変な気を起こさせないように、お前からよく言うんだな。さもないと、こうなる！」

と言って、晋悟はまた「波平」の刃を立てた。

「ワ、ワカッタ！　オレガイエバ、ミンナソノトオリニスル。ヘンナコトハサセナイ」

リーダーは、最初に晋悟の合気道の技にかかってすっかり恐れているのか、晋悟には一応素直に応じる格好を見せていた。

船長が、壁の電話器を取ってリーダーに渡した。

晋悟は、砲雷長隊の副指揮官の水雷長に、

「水雷長！　海曹二人を連れて、通信室前に行け！　武器を持って出てくるかも知れないから、気をつけてな。両手は上げていても、ポケットに拳銃を持っている可能性もあるので、身体チェックもな」

と、指示した。

「はい！」と言って、水雷長はすぐ近くにいた海曹二名を連れて、通信室へ走った。

初めもたもたしていたリーダーは、電話に出てきた仲間に、ゆっくりとした日本語で言葉を選びながら、ときどき晋悟の顔を盗み見ながら、晋悟の指示したとおり話していた。

「ブカハ、リョウカイシタ。スグクル」

とリーダーは言ったが、なかなか出てこない。

（遅い……！）

これは、ひょっとして奪った戦利品を受け取りにくる仲間の船に、計画は失敗したことを告げているのかも知れない、と晋悟は思った。しかし、すべてを一網打尽にすることは、もともと晋悟は考えていなかった。いずれにしても近づいてきた仲間の船は、「ふゆづき」を発見するだろうし、その時点で逃走してしまうに違いない。

やがて、通信室のドアが開いて、両手を上げた二人が出てきた。先頭の男は東洋系で、もう一人は東南アジア系のようだった。二人とも神妙な顔をしている。

すかさず一人の海曹が自動小銃を突き付けたまま、もう一人の海曹が銃を肩にかけて身体チェックをした。拳銃は通信室に置いてきたようで持ってなかった。

「他にも、まだいるんじゃないか！」

晋悟が、リーダーに聞いた。「波平」を突き付けたままである。

「イヤ、モウイナイ。カミニチカッテ、モウイナイ」

リーダーは、顔を反らせながら言った。

「よし！　二人を縛り上げろ！　この男もだ」

晋悟は命じ、リーダーを指さした。

「ところで船長、この連中を地元の官憲に引き渡すまで、本船で預かってもらいたいと思うのですが、どこかスペースはありますか。もちろん、監視は当方で行ないますが」

と、晋悟。

「あ、はい。空いている倉庫があります。二等航海士に案内させます」

と船長は言いながら、床に座らされている一団を見た。その中に二等航海士がいるのだろう。

「砲雷長！　臨検隊は本船に残って、官憲に引き渡すまで連中の監視、警戒にあたってくれ」

晋悟が指示し、また船長に向かって、

「船長、本船の船員を一人、船長との連絡係として、砲雷長に付けていただけますか、もちろん途中で交代していただいて結構ですが」

と、言った。

「あ、分かりました。それではとりあえず先程の二等航海士を連絡係として残します。山口君、いいな」

船長が言って、その二等航海士だろう、座っていた比較的若い船員が立ち上がって、砲雷長のそばに来た。

「よし！　砲雷長、連中を引っ立てろ！」

晋悟の命により、案内役の二等航海士と砲雷長を先頭に、海賊一人ずつを離しながら臨検隊員が囲むように船橋後部のドアから出て行った。最後部を、副指揮官の水雷長が晋悟に一礼しながら出て行こうとした。

「あー、水雷長！　副長に結果を連絡してくれ。心配しているだろうからな」

と、晋悟は言ってニッと笑った。

「はい、すぐ報告します」

水雷長は、そう言って皆の後に走って行った。

とたんに、今まで座らされていた船員の一団から、「オー！」というような言葉が漏れ、一斉に立ち上がって互いに手を取り合っていた。今までの恐怖から解放されて、安堵感が一気によみがえったに違いない。

船長が、晋悟に近づいて、

「ご挨拶が遅くなりましたが、本船船長の柏木です。助けていただきまして、本当に有り難うございました」

と言い、深々と頭を下げた。

「いやー、本当にご苦労様でした。護衛艦ふゆづき艦長の亀山です。皆さんお怪我がないようで、よかったですね。ところで、他の船員の方々はどこにいらっしゃるのですか」

「えー、食堂にまとめられています。連中は、我々が武器を持ってなく、まったく抵抗をしないので、すっかり安心しきっているようで、見張りもおいていないようです」

船長もやっと安堵感を顔に表わしていた。晋悟が続けた。

「それで今後ですが、私はいまから艦に帰って、ペナンにいる上司に報告し、日本の領事館に調整してもらいますが、おそらく海賊の地元官憲への引き渡しは、ジャカルタ沖になると思います。決まりしだいお知らせします。船長もおたくの船会社に報告されるでしょう」

「はい、そのつもりにしています」

「で、彼らが乗ってきた海賊船ですが、あなたの船が出港するまでに、本艦の砲術長を長とした回航要員を派遣しますので、よろしくお願いします」

「はい、有り難うございます。こちらこそ、よろしくお願いします」

と言いながら、船長はまた深々と頭を下げたが、途中で急に思い出したように、

「あのー、最後に一つ伺ってもいいですか、初めからずっと気になっていたことなんですが、どうして本船が海賊に襲われたと分かったんですか」

「あー、そのことですか」

と言いつつ、晋悟は急に笑顔になって、

「それは……企業秘密です。では、これで失礼します」

と船長に頭を下げて、隼人たちの方を見、

「よし、帰るぞ」

と、入ってきた左舷のドアに向かった。

四

深夜のジャワ海を、護衛艦「ふゆづき」は、やや速度を上げながら北上していた。

南海の空には、びっしりと星が敷きつめられ、その中で南十字星が小さな十字をきって輝いている。これは、北極星と違って必ずしも正確な南極点を表示してはいないが、それこそ大航海時代にあっては、未知の世界に挑む海のつわものたちが、神の加護の意味合いも含めて南方向を知る指標にしたという。

艦橋右舷の艦長椅子に深々と座りながら、前方を見つめている晋悟。自然と両の瞼が仲良くなりつつあった。考えてみたら、今行動では、まともに艦長室のベッドに横になったことはなかったのではないか。とくに、自動車運搬船の第二大和丸の追尾が始まってからは、緊張の連続であった。そしてその頂点は、昨深夜の海賊捕り物劇から今夕の海賊引き渡しの間だった。

昨深夜、「ふゆづき」に晋悟が帰艦して、当直の隊付経由で司令へ報告してからの、斎藤司令の行動は早かった。なんと、司令の返答はその日の日出直後に来たのである。それは、晋悟の想像をはるかに上回る早さだった。

晋悟はそのとき、

（あの司令のことだ、恐らく領事館の担当者を叩き起こして、地元官憲との調整をやらせたに違いない）

と、思ったものだ。さっそく第二大和丸へ伝えるとともに、砲術長を長とする海賊船の回航要員を自動車運搬船に送った。

司令の指示は、その日の夕刻ジャカルタ沖で、地元官憲に海賊および海賊船を引き渡すこと、地元官憲の質問には協力すること、海賊関連処理が終了しだい、哨戒任務を終了しペナンへ帰投すること、であった。

司令は、海幕への報告を急ぎたいに違いない。晋悟は、司令への報告書はペナン入港までに作成するよう、すでに副長と砲雷長に指示してあった。

朝靄の中に、ペナンの岸壁が見えてきた。

いつもの哨戒期間より一日早く入港するのだが、なぜかいつもより長い期間行動してきたような気が、晋悟には感じられた。それ程中身が濃かったせいか……。

岸壁には、前回と同じように、「いそなみ」が横付けしており、艦橋には同じように司令と艦長がウイングに出てこちらを見ている。

「ふゆづき」は、晋悟が操艦し「いそなみ」の横にスマートに横付けした。

「亀山！　でかしたな。さすが、南海の虎だ」

司令の開口一番である。晋悟は敬礼し、

「異常ありません」

と、報告した。

「いや、本当にご苦労さん。メディアが、えらく報道してな、俺も質問攻めにあったよ。昨日あたりから、大分下火にはなったけどな。海幕には電報で一報を入れ、運用課長には直接電話しといたけど、海幕長がご満悦だったとのことだ。いや、よかった、よかった。亀山が前回の俺の失敗を取り返してくれたようなものだ」

司令もご満悦の体で、終始にこにこしていた。

「じゃ、後で報告を聞こう」

と言って、司令は艦橋内に入っていった。すかさず、いそなみ艦長が、

「先輩、やりましたね。また海幕じゃあ、語り草になりますよ」

と、敬礼しながら言った。

「あー、有り難う。いや、ついていただけさ。今、そっちへ行く」

晋悟は、昨晩出来上がった報告書を取りに、艦長室へ向かった。

「いやー、本当によかった。俺も肩身が広くなったよ」

司令は、報告にきた晋悟に握手を求め、ソファの方へ誘いながら、同じ言葉を感情を込めて繰り返した。

「いえ、司令のご指示がとても早くいただけたので、助かりました。正直あんなに早く調整結果をいただけると思ってなかったものですから、驚きました。昨年とは、雲泥の差です」

「そうか、それはよかった。いやな、領事館の担当者も嫌がるか、と思ったら眠そうな眼を擦りながら、喜々としてやってくれたよ。彼らも嬉しかったんじゃないか」

「あー、そうだったんですか」

晋悟は、領事館が好意的だったとの言葉を好感をもって聞くことができた。

「それでは、報告させていただきます」

晋悟は、持ってきた報告書を司令の前と同席しているいそなみ艦長の前に置いて、行動の概要を自身の思惑も含めて、要領よく説明した。

最後まで聞いていた司令が、

「すると何か、領事館からもらった日本船舶の行動予定が、功を奏したということか」

と、聞いた。

「まさしく、そのとおりです。昨年ここへ来てからずーっとお願いしていたことだったのですが、司令が前回それを叶えていただきまして、そのお陰と思っております」

「それにしても、その自動車運搬船によく的を絞れたな。何か他にも情報を得ていたのか」

「いえ、それはありません」

晋悟は、即答した。ミンユーのことは、隼人を含めた子飼いの部下三人以外は誰にも話していないのである。そして、続けた。

「いただいた日本船の行動予定と、ずーっとにらめっこをしてまして、出港の日の朝くだんの自動車運搬船に決めたのです」

「そうか。それこそ〝南海の虎〟ならではの嗅覚か……」

司令が、独り言のように呟いた。

「司令、ついでにと言ったら失礼かも知れませんが、また一つお願いがあるのですが」

晋悟は、ちょっと躊躇したが、この際一気に言ってしまった方がいいかと思い直し口に出してしまった。

「ん、なんだ、また改まって」

「えー、実は無人島の探索なんですが、前回日本船の行動予定をいただいた時に、同様に無人島の探索も条件付きで許可いただきました。もちろん、その条件は遵守いたします」

晋悟は、そこでちょっと間をおいて、続けた。

「しかし探索の結果、その島が確実に海賊の根拠地だと確信したときには、新たに自動小銃で武装した臨検隊の派遣を認めて頂きたいと思うのですが。連中も、根拠地ともなれば、当然自動小銃等で十分防護されていると思いますので、それを制圧するのは、やはり相応の武器が必須と思いまして……」

一気に、かつ一方的に喋ってしまったが、黙って聞いていた司令は、

「うーん」

と、唸って両の腕を組んでしまった。晋悟は、続けた。

「制圧は、隠密裏に、かつ奇襲作戦で行なうつもりですが、その場合でもシーナイフよりは、自動小銃を突き付けた方が効果的かと思いまして……」

「そりゃ、そうだ。そうなんだけど、うーん……」

司令は、一度離した両腕を、また組みなおして考え込んでしまった。

「まあ、他ならぬ今回手柄を立てた、〝南海の虎〟の申し入れだからな。よし、分かった。当たって見るだけでも、やってみよう。当然の要求だ」

司令は、自分で自分を納得させるような言い方をして、

「よし、さっそく午後、領事館に談判して見よう」

と、約束した。

「有り難うございます。よろしく、お願いします」

晋悟は、深々と頭を下げた。

「いよいよ海賊の本拠地掃討作戦ですか？　凄いですね」

いそなみ艦長が、口を出した。

「うん、実は君のところにも、手伝ってもらいたいと思ったんだが、まあ隠密裏と奇襲を基本とすると、やはり、少数部隊の方がいいか、と思ってね」

晋悟は、いそなみ艦長に、言い訳ともとれる言い方をした。

「ところで、その無人島とやらは、どこか手掛かりはつかんでいるのか」

司令の、ご下問である。

「いえ、特別つかんでる訳じゃないんですが、この間、私自身ヘリに乗って上空から観察したとき、なんとなく気になる所が二、三ありましたので、その辺りから探ってみようかな、と思っています」

「うん、くれぐれも気をつけてな。君に何かあったら、それこそ〝ふゆづき〟が困ってしまう」

「はー、十分気をつけます」

「よし、その話はそれとして、今夜どうだ、祝杯を挙げるか。亀山の偉業を祝してな。どうだ、いそなみ艦長？」

司令が、満面笑顔になって言い、いそなみ艦長が、すかさず「やりましょう」と同意を示した。

「よし、決まりだ。隊付たちも、三人とも来させよう。まだ海賊どもも静かだろう。じゃ、まず俺のホテルのバーでやるか。街に出るのは、それからだ。両艦長は、俺の迎えの車に乗ってくれ」

司令は、極めて上機嫌だった。

無人島

一

ペナン入港の夜の、司令主導の祝杯を皮切りに、次の日の夜は、副長の音頭で臨検隊と臨検特別隊の慰労会が、士官室の有志も参加して市内の居酒屋で盛大に行なわれた。そんな訳で、晋悟がフリーになったのは、入港して三日目だった。

晋悟は、例によってミンユーの情報が気になっていた。

今回の海賊逮捕に対する海賊側の反応、そして無人島にあると思われる海賊の根拠地の情報などである。

晋悟は、前日ミンユーのスナックに電話し、外で会いたい旨を告げて、今夕ミンユーのマンションに直接おもむくことになったのである。街まで歩いて、そこからタクシーを拾い、郊外の住宅街の高台にたたずむマンションの部屋のインターフォンを押したのは、約束の時間をすこし過ぎた刻限だった。

「あら、いらっしゃい。どうぞ」

ミンユーが笑顔で迎えて、いつもの部屋に招き入れてくれた。そこは、大きく開いた窓から海が一望の素晴らしい光景の部屋である。今宵も赤黄色の満月が、その海の上の中天に、煌々と輝いていた。

部屋の中央よりやや窓際よりのテーブルには、純白のクロスの上に真紅のランチョンマットが敷かれ、花模様の皿と数種類のナイフとフォークが並べられていた。そばには複数のワイングラスが置かれている。

今宵のミンユーは、まるで賓客を迎える女主人のように、濃紺の長いドレスをまとい、宝飾品を身に着けて、濃艶な雰囲気をかもし出していた。音量を絞ったＢＧＭが、いやが上にもその雰囲気を盛り上げている。

「シンゴ、乾杯しましょう」

ミンユーは、前菜を持ってきて皿の上に置きながら席に着くと、二つのグラスにワインを注ぎ、手に持って言った。

「ミンユー、今夜はまた凄い料理が出そうだね。まるで、フルコースじゃないか？」

と、晋悟。

「そうよ。朝から作ったんですもの。それにしてもシンゴ、やったわね。ちゃんと、この前のお返しをしたじゃないの。やはり、ザ・タイガー・オブ・サザーン・シーね」

ミンユーが、晋悟の目を見つめながら言った。

「有り難う。ついていただけさ。首領はどう感じているかな」

晋悟は、何気なく呟くように言ったが、その晋悟の誘いにミンユーが乗った。

「そう、その首領は、皆に発破を掛けたようよ。前回うまくいって、調子に乗って油断し切っていたんじゃないかって、もうカンカンに怒っているらしいわよ」

そこでミンユーは、新しい料理を取りに行くのだろう、席を立った。

（まるで、見てきたように状況の人になっている……）

ミンユーが、首領と同席でもしているように、である。

でも晋悟は、もう、

（彼女が海賊の一味……）

などということは、どうでもいいことで、考えないことにしている。また、前にちょっと考えた、

（彼女は敵なのか、味方なのか……）

も、今となっては、どちらでもいいことだ。ただ、晋悟が欲している情報をくれたときは、

心から感謝すればいいと思うようになっていた。

「その首領が、どうも現地に来るらしいわよ」

新しい料理を両手に、ミンユーが言った。

「なに……！」

晋悟は、心臓が破裂しそうになった。

（海賊の首領がこのマラッカ海峡にくる……）

「何しに？」と言葉が出そうになって、ぐっとこらえた。

ミンユーは、晋悟の驚いたような顔に答を出すように、

「そう、現場に発破を掛けにくるのよ。首領にしてみたら、歯がゆいんじゃないの。遠隔操作もそうそううまくいく訳がないじゃない」

ミンユーが、席に座ってワイングラスを傾けながら言った。

「現場というと、やはりこの南海の島あたりかな」

晋悟は、さらりと口にした。

「いや、何処か知らないけど……。そうそう、この間こんな話を聞いたわ。確か、シンゴたちが海賊船を取り逃がした後の頃じゃないかしら、彼らは根拠地の上空を銀色のヘリコプターがかなり低い高度で飛んでいるのを見たらしいの。なんでも、その機体には赤い丸がついていたということよ。シンゴのお艦《ふね》には、ヘリを積んでいるんでしょう」

（あの島だ……！）

まさしく、晋悟が搭乗して上空から島々を観察したあの時のことだ。司令に「気になっている所がある」と報告した島の一つだ。

（ミンユーは、暗に連中の根拠地を教えてくれているのか……）

晋悟は、思わずミンユーの目を見つめてしまった。

「あら、私は前から言ってるように海賊の一味じゃないわよ」

「分かっている。いや、本当に有り難う……」

「もうこの話はおしまい。今宵は、もっと楽しいお話をしましょう」

と言って、ミンユーは晋悟にワインをすすめ、沿岸国の観光地や歴史遺産など、なかなか博学なところを聞かせてくれた。晋悟は、遠洋航海で世界一周をしたときの話などをして、二人の会話は尽きることがなかった。料理は次から次と出てくるし、晋悟は十分それを堪能した。

その夜、晋悟が「ふゆづき」の舷門を渡ったのは、深更をとっくに過ぎていた。しかし、この夜が、晋悟がミンユーを見た最後となるとは、このとき晋悟は知る由もなかった。

二

いつもより一日多い、ペナンにおける休養と整備を終えた「ふゆづき」は、「はぐろ」が帰投した日の夕刻、例によって「はぐろ」乗員の上陸時間を遅らせることのないように、という晋悟の気遣いで、早めにペナンを出港し、今年三度目の西方哨戒任務に向かった。

昨年に続く二回目の「マラッカ海峡派遣部隊」の任務も、日本を出発してまもなく三ヵ月になろうとしていた。日本では、晩秋からいよいよ冬到来の季節だが、この地方はいわば常夏の地、相変わらず夏制服姿の晋悟たちだった。

晋悟は、今回の哨戒で重大な決断をすることとなった。

実は昨日夕刻、明日は出港でもあり、今夜はゆっくり艦にいることとしようか、と思っていた矢先、副直士官が艦長室に顔を出して、

「艦長！　司令からお電話です」

と言った。

電話は、まさしく司令で「重要な話がある。車を迎えにやるので、司令のホテルに至急来てくれ」という趣旨だった。

晋悟は背広に着替えて待つほどに、領事館から派遣された司令車が来たので、岸壁から車で十分の所にある、ペナンで一流のホテルへ向かった。

晋悟が、そのホテルの司令の部屋へ入るなり、司令は開口一番、

「おめでとう、君の要求がすべて通ったぞ」

と言って、握手を求めてきた。

「はー、有り難うございます」

と握手には応じ、正直なんのことか分からなかった晋悟だが、

「おい、例の無人島の武器の持ち込み、君の要求がすべて通ったぞ」

ということだった。司令が続けた。

「うん、最初領事館はあまり乗り気じゃなく、渋々当方の要求をとりあえず沿岸国と調整してみる、といった程度だったんだが、どっこい、当の沿岸国側は、もし海賊を発見したら、武器を携行するのは当然のことという態度で、むしろ積極的に武装して海賊の根拠地を見つけて欲しい、ということだったらしい」

司令は、ちょっと間をおいて続けた。

「やはり、根本的に日本側と沿岸国とでは認識の違いがあるんだな。まあそれがいわゆる〝普通の国〟の常識なのかも知れんな。むしろ我々日本人が〝あつものに懲りてなますを吹く〟のが、習い性になっているのかも知れん……」

と司令が、考え深げに言った。

「ということは、初めから武装して探索を行なっていい、ということですか?」

晋悟は、単刀直入に聞いた。

「うーん、そこまでは領事館も確認しなかったようだが、しかし沿岸国の回答を素直に解釈

するとぐ、そういうことになるなあ。うん、よし。これは我々が判断しよう」

そう言って司令は、また腕を組んで目をつむってしまった。

しばらくして、司令が目を開け、晋悟に正対すると、

「艦長！　君のところの臨検隊とそれから臨検特別隊は、どちらもあらかじめ武装して探索をすることとしよう。よし、これでいこう」

司令が決断された。慎吾は、感謝した。

「有り難うございます。それでは、そうさせていただきます」

晋悟は、この司令の下で本当によかったと思った。

「うん。で、これは日本にとっては重要な決断なので、君のところだけにしてくれ。だから艦内に達するのも、出港してからにしてもらった方がいい。俺は君のところが出港してから、海幕の運用課長に直接電話をしておく。そうすれば、海幕長まで報告してくれるだろう。そのとき、海幕から〝待った〟がかかったら、すぐ君に連絡する。だから、とくに俺からの〝待った〟がない限り予定どおり行動してもらっていい」

ちょっと一息ついて、

「考えて見たら、君はいわば沿岸国からとくに要望されて来た〝南海の虎〟なんだから、君の要求は当然受け入れてもらわなければならないんだよな。これは、当然のことだ」

司令は、自分で自分を納得させるような言い方をした。

「これはこれでよし、と。亀山！　せっかく来たんだ。ホテルのバーで少し飲んでいくか。なに、帰りはまた俺の車、といっても領事館の車だが、これで送っていくよ」

と、司令はまた上機嫌で言った。

「はー、ではお供します」

晋悟は、司令の誘いには断わり切れなかったのである。


ペナンを出港した「ふゆづき」は、西方哨戒のオリジナルコースに従い、マラッカ海峡をインド洋方面へ西航していた。

晋悟は、いつものように艦橋の艦長椅子に深々と座って、前方をみつめながら、思考を回転させていた。今回の行動は、まだ誰にも告げていないが、無人島の探索と海賊がいた場合の攻略だ。昨年をも含め、今までに経験したことのない作戦であり、リスクや困難もある。

海賊の根拠地としての無人島を考えるにあたって、今まで誰にも発見されていないということは、外部から十分隠蔽された小部隊に違いない。

小型高速船も、需要と隠蔽性からいって、せいぜい二隻というところか、人間も高速船要員として、これは即海賊として乗っ取りの要員になるので一隻八人で、計十六人、そして司令部要員としてリーダーを含め、管理、通信、情報など全部で十人程度か、すると合計で二十六人程度……。うん、いい数字だ。

これに対し、当方は特別隊員十人と臨検隊員で、十分制圧できる、と晋悟は見積もった。

さらに、ミンユーの教えてくれた海賊の根拠地と思われる島を、航海科員にチャートを持ってこさせて子細に調べたところ、晋悟自身が上空から見てそれらしいと感じた二島の中の一島は、小さいながら入り込んだ内海があることになっている。ただ、この内海は、上空からは草木で覆われていて、はっきりと確認はできなかった。

（よし、条件は揃った……）

次は、海賊の首領が
（いつ現地に来るか……？）

である。

問題は、ミンユーの情報がいつの時点の情報か、ということなのだが、もし俺が首領だったら、現地の海賊どもに発破を掛けに行くと決めた以上、なるべく早い時期に行くのではないか。そう、もうすでに来ていることだって、十分考えられる。

これは、もう攻撃を仕掛けてもいい、ということだ。

晋悟は、腹を決めた。

「哨戒長！　副長を呼んでくれるか、あー、艦長室に来るように言ってくれ」

晋悟はそう言って、艦橋の艦長椅子を下りた。

「艦長下りられまーす！」

当直海曹が、声を上げながら敬礼をした。

晋悟は、答礼を返し艦長室へ向かった。


「入ります」

晋悟が、艦長室に入ってまもなく、ノックの音とともにドアが開いて、副長が入ってきた。

「あー、副長、座ってくれ」

晋悟は、ソファの方を指し示し、自分も座った。

「実はな……」

例によって、副長の目を見つめながら、今後の行動の概要について、先程頭の中で整理ができたばかりの計画のすべてを話した。

副長は、目を大きく見開いて、また緊張した顔付きになってきた。

「で、今本艦は、西方哨戒の計画どおりマラッカ海峡の西の出口に向かっているが、これは、いわば海賊対策の欺瞞だ。夜になって闇が濃くなったら反転し、増速してジャワ海方面へ向かう。また、幹部を集めて皆に達してくれ」

と、晋悟は冷静に言った。

「分かりました。士官室に皆を集めて話します。現に当直についている人間には、後程別に話しておきます」

と言って、副長は立ち上がりかけたが、

「あー、副長。済まんが、また隼人を呼んでくれるか」

「あ、はい。真田二曹ですね」

副長は念押しをして、出ていった。

ややあって、

「幹部集合、士官室」

艦内号令が、入った。続いて、ノックの音とともに隼人が入ってきた。

「あー隼人、座ってくれ」

例によって、晋悟はソファをすすめた。丸テーブルの上には、すでにジュース缶が二個置いてある。

「実はな、隼人……」

晋悟は、ミンユーに会ったことから始まって、相当の情報を得たこと、沿岸国には、武器の携行を認めさせたこと、そして晋悟の見積もりと行動計画を細部にわたり説明した。

「遂にやりましたね。艦長が、昨年からおっしゃっていたことじゃないですか」

隼人が、考え深げに言った。

「うん、そうなんだ。だが、おれも銃撃戦はしたくないんだ。できれば今までの海賊拘束と同じようにしたいんだがな……」

「分かりました。熊谷と池野には、よく言っておきます。それにしても、彼女はよく根拠地を教えてくれましたね。もし、我々の作戦がうまくいったら、彼女の身は危ないんじゃないですかね」

と、隼人。

「あー、そうか。いや、そこまでは俺も考えなかったな……」

晋悟は、隼人が今までになく自分の考えをいろいろ言ってくれた、と思った。そこで、ふっと頭に浮かんだのは、

(そういえばあの夜、ミンユーのマンションを去るとき、呼んでくれたタクシーに乗る俺を、一階のマンションの入口まで送ってくれたっけ。こんなことは、今までになかったことだ……)

「じゃ、特別隊を集めて、艦長のご意図を皆に伝えます」

隼人は言いながら、立ち上がった。晋悟は我に返って、

「あー、頼む」

と、慌てて言った。

しばらくして、そろそろ艦橋へ上がろうか、と考え始めた晋悟だったが、またドアがノックされた。

「誰かな?」

と思ったとたん、ドアが開いて砲雷長が顔を出した。臨検隊の隊長である。

「砲雷長……？」

晋悟は、「何用？」と言いたげな言葉を発してしまった。

「艦長！　ちょっとお話があるのですが……」

なんとなく、遠慮がちな言い方の砲雷長に、

「あー、どうぞ」

と言って、晋悟はソファの方へ指さした。

「有り難うございます。今、副長から無人島の海賊の根拠地を探索する計画を聞きました。そこで、ちょっと疑問が生じたものですから、僭越ですが艦長にお伺いしたいと思いまして参りました」

「あー、それはいい。なんでも言ってくれ」

晋悟は、即答した。

「実は、武器を持って無人島と思われる島に上陸し、そこに海賊がいたらこれを拘束する、とのことですが、確かに軍艦には、国際法上公海上で海賊を逮捕する権限が与えられています。しかし、これはあくまで現に海賊行為を行なっている、いわば現行犯逮捕のことであって、無人島とはいえ、そこで生活している人々に、いきなり銃を突き付けてよろしいものなのかどうか、というのが私の単純な疑問なんです……」

砲雷長は、一気にしゃべった。

彼は、近々海上自衛隊幹部学校の指揮幕僚課程（略してCS課程——コマンド&スタッフ・コースという）の試験を受けるということで、相当に勉強しているようだ。

このCS課程は、上級の指揮官・幕僚に必要な見識を身につけるため、一年間幹部学校で勉強をするもので、前半は主として国際情勢、政治、経済、文化、軍事等広範囲にわたっての講義が主体で、幹部学校の教官のほか外務省や関係省庁の課長クラスの実務的な話もある。一年の後半は、安全保障を主題としての戦略や戦術、そして統率の研究と討論の連続である。

このCS課程の年間の教育人数は三十名なので、当然試験で学生を選抜する。

試験は、三日間にわたって行なわれる筆記の一次試験と、これに受かった者が二日間にわたって受ける口述の二次試験がある。受験希望者は、毎年大体百五十〜二百名はいるので、相当な難関であることには間違いない。ただ、一度試験に落ちても、年齢制限はあるものの、三回までは受験チャンスが与えられている。

CS課程の説明が長くなったが、「ふゆづき」艦長室の話に戻そう。

とうとうと喋る砲雷長の話を聞きながら、晋悟は思考を回転させていた。

砲雷長に、ミンユーの話をする訳にはいかない。これは、やはり正攻法でいくよりしようがないか……。

「うん、君の言わんとするところは、よく分かった。君の言うとおりだ。ただ、これは今いきなり出てきた話ではなくて、実は昨年からのしがらみがあるんだ」

晋悟は、砲雷長の目をじっと見ながら続けた。

「しがらみというより、俺の思惑あるいは、信念と言った方がいいかも知れない。昨年、この現地に初めて来て話を聞き、島々を実際に見て、不思議に思ったのは、彼らの襲撃の手口が、いずれも小型高速船でいきなり近づいてきて乗組員の知らない間に船橋を占拠してしまうやり方だ。いくら高速といえ、あの小さな船だ。乗組員も少数だ。そんな乗り物で大型タンカーや大型自動車運搬船を確実に狙い、行動を起こすには、それなりの情報がなければならない。また、この高速船は燃料もそんなに多く積めないはずだ。それらを考え合わせると、どうしてもこの南海のどこかに、その高速船を隠し持っている根拠地がなければならない、という結論に達した訳だ」

晋悟は、そこでちょっと息をついだ。砲雷長は真剣に聞いている。

「また、砲雷長も知っている前回取り逃がした海賊のように、タンカーから奪った油を移す中型船との連絡も必要で、これは根拠地のいわば司令部の仕事だろうし、さらにその油を売りさばく相手との交渉も考えると、海賊のバックには大きな組織があるとしか考えられないんだ。その最終的の首領は、恐らくどこかの街中で悠々と生活しているのだろう」

この首領が、実は現地の根拠地に来ているかも知れない、というミンユーの情報を、晋悟は砲雷長に告げることはなかった。晋悟の話が続いている。

「で、昨年はそのときの司令に、無人島の探索をお願いしたんだが、一笑に付されてしまった。それは、一海上部隊指揮官が領事館にお願いすることではない、国と国との問題だ、とね。それで、残念ながら昨年はその計画を断念したんだ。そして、今年また来ることになって、その問題が俺の頭の中で再燃した。今度の司令は、その昔、同じ艦でご指導を頂いたこともあって、またお願いしてみた。無人島の探索のみならず、日本船の行動予定もね。そして、君も知ってのとおり、第二大和丸の事件解決に繋げることができた。そして、無人島の方は、武器を携行しないという条件付きで許可をもらった。そこで、当初は武器を携行しないで探索をするが、海賊がいるという事実を確認できたら、武器を使ってこれを拘束することで再度調整してもらったところ、逆に沿岸国側が乗ってきた。海賊を発見したら武器を携行するのは当然のことで、ぜひ武装して海賊の根拠地を見つけて欲しいというものだったんだよ。そして、今回の作戦の仕儀となったのさ。なお、本艦の行動は、司令から海幕運用課長には直接電話され、海幕長まで報告されているはずだ」

やや間をおいて、晋悟は続けた。

「俺の見積もりでは、もともと根拠地には高速船が二隻程度、この乗組員は即襲撃要員となるのだが、それに司令部要員を含めて、総勢二十五、六人がいるのではないかと思っている。で、前回すでに高速船一隻と人員八人は逮捕しているので、残りは十七、八人程度かな。その中には、前回大型タンカー事件の際取り逃がした連中がいる可能性もある」

晋悟は、改めて砲雷長を正視して、

「そこでだ。英語の堪能な君や水雷長にぜひ頼みたいのは、彼らを拘束した際に、彼らの口から言質をとってもらいたいんだ。彼らが海賊そのものだ、ということをね。なかなか難しいと思うけど、いずれにしても疑わしい段階の証拠でもいい、最終的には沿岸国の官憲に任せればいいことだ。ただ俺は、その根拠地のリーダーを捕まえて、必ず彼の口から海賊であることを言わせてみたい、と思っている。これは、いわば俺の信念だ。今の思いとしてね」

と、言った。

砲雷長は、真剣な目で晋悟を正視していたが、

「分かりました。艦長の深いお考えが、よーく分かりました。生意気なことを申し上げて大変失礼いたしました」

と言って、頭を下げた。

「いやいや、いいんだ。当然の疑問だ。いや、この作戦にはリスクもあり、困難さもともなう。俺自身、不安も一杯あるんだ。ただ、この期に及んでは前進あるのみかな、と思っている。おれからも、お願いする。やってくれ」

と、逆に晋悟も頭を下げた。

「はい！　頑張ります。水雷長にも、よく言っておきます」

「うん、そこで銃撃戦だけは、なんとしても避けたいんだ。これも、よろしく頼む」

「はい、分かりました。臨検隊総員に、艦長のご意図をよく説明します」

と言って、砲雷長は立ち上がると、深々と頭を下げた。

三

その日の夕刻、日が暮れて漆黒の闇になってから「ふゆづき」は静かに反転し、マラッカ海峡の東の入口方面へ向かった。めざすは、海賊の根拠地と思われる無人島である。

その日、司令から晋悟宛ての連絡は特になかった。ということは、海幕からの「待った」がなかったということであり、既定方針どおり行動してよい、というお墨付きを晋悟はもらった、と解釈した。

「ふゆづき」艦内には、最終的な海賊拘束に向け、隅々にわたって緊張感が走っていた。臨検隊員、臨検特別隊員はもちろんのこと、乗員一人一人にまで、それは沁みわたっているように感じられた。

晋悟には、覚悟ができていた。

「必ず、首領を捕まえる!」

晋悟自身、腹の底から湧き上がるような高揚感に満たされていた。

ペナンを出港して三日目の早朝、艦橋艦長椅子の晋悟のところへ、砲雷長が近づいた。

「艦長、お早うございます。無人島の件でよろしいでしょうか」

と言って、晋悟の了解をもらう口調だった。

「あー、砲雷長。お早う。どうぞ」

と、晋悟は振り返って応えた。

「実はあれから、ご指示のあったことに関し、水雷長とそれから特別隊の真田二曹と三人で、二回ばかり細部の打ち合わせをしました。で、今日午前中にまず我々の細部計画を艦長に見ていただきまして、よろしければ、午後にでも臨検隊と臨検特別隊の総員を食堂に集めて、周知徹底を図りたいと思うんですが、艦長にもその席にご出席をお願いして、最後に一言、お言葉をいただけますでしょうか」

「あー、それはいいね。実は明日の深夜にでも、作戦を決行しようかと考えていたんだ。いいタイミングだ。皆に気構えを持ってもらうためにもな。うん、分かった。行こう」

晋悟は快諾した。砲雷長は、

「有り難うございます。それでは水雷長と真田二曹にも同席させて、後程伺います」

と言って、艦橋を下りて行った。

晋悟は、今回の作戦は今までの商船と違って、相手は陸上にいる海賊であり、いくつかの建屋に分かれて住んでいる可能性がある。そうすると、兵力を初めから分散する必要があり、砲雷長と水雷長にも自覚のためにも研究をさせようと思ったのである。

その際、ねらう無人島は、過日艦長自らがヘリに搭乗して上空から観察したうちの一つで、チャートもあること、その島は上空からは草木に囲まれてよく分からなかったが必ず小型高速船を隠す内海があること、さらに従来どおり隠密裏に、かつ奇襲で行動すること、などを細部計画の前提として告げていたのである。

朝食を終えて、晋悟が艦長室に入ると、それを追うように、砲雷長と水雷長それに特別隊員の隼人が、艦長室に来た。

「えー、それでは三人で二回にわたり打ち合わせを行なった、細部計画について報告します」

と、砲雷長が前置きをして、晋悟が前に渡したチャートを広げ説明を始めた。

「まず、本艦はとなりの島の島陰に投錨し、第一、第二内火艇で発進して、この辺りに上陸するのがよろしいかと思います」

と、チャートの一部を指さしながら、続けた。

「ちょうど内海の入口の反対側ですので、二隻とも浅瀬に乗り上げ、艇長以下定員とそれに通信員は、内火艇に待機させます。以後全員で上陸し、丘と思われる所を超えて、内海方面を偵察しつつ、内海近くの浜辺付近にあると思われる建屋へ向かいます」

そこで砲雷長は、ちょっと息を入れ、手書きで書いた島に、想像した建屋が書かれている紙を晋悟の前に置いて続けた。

「建屋は、艦長が言われたように、リーダーは一つの建物。他は事務所、これは通信所を兼ねていると思われます。そして、寝食等生活のための居住区の建物で、計三棟として計画致しました。そこで、全員で建屋の見える所まで進出したら、そこからは偵察を出して海賊どもの状況を探りたいと思います。偵察は、臨検隊の海曹を一人居住区へ、事務所には同じく海曹一人を、そして、リーダーの建物には真田二曹にお願いします。もし、建屋が四棟あったときは、熊谷三曹に行ってもらいたいと思います」

砲雷長は、ちょっと晋悟の方を正視したので、晋悟は了解の意味で頷いた。

「なお、いずれの建屋もすぐ撤退が可能なように、掘っ立て小屋程度の作りと思われますので、鍵を掛けていたとしても、シーナイフで開けられるような、ちゃちなものと想像します」

先程、晋悟の前に置いた手書きの紙には、攻略の場合の各建屋への配分が、具体名で書かれていた。砲雷長は、それを指さしながら続けた。

「偵察員が帰ってきて状況を聞き、場合によっては、ここに記した配分の修正を行なって同時に奇襲を決行したいと思います。艦長は、真田二曹の偵察したリーダー建屋でお願いしたいと思いますが……。以上です」

そこまで説明して、砲雷長は晋悟の顔を見た。

「うん、ご苦労さん。よく検討してくれた。いいんじゃないか。隊員の配分も、現時点では一応それで考えておいて、現場を実際に見て、臨機応変に考えればいい。それは、必要なら俺が現場で指示する」

と、晋悟は言った。

砲雷長の説明は、事前に晋悟が指示していた内容に、概ね沿っているので、晋悟は満足だった。

「はい。有り難うございます。では、午後から皆を食堂に集めて、説明をすることにします。皆が揃いましたら、後程ご報告します」

砲雷長が立ち上がると、あとの二人も立ち上がって艦長室を出て行った。

午後の臨検隊員、臨検特別隊員への説明は、スムーズにいった。

晋悟は最後に、今回は今までの場合とやや異なる作戦になると思うが、今までの諸君のやってきたとおり、それぞれが動いてくれれば、目的は十分達成できると確信する、と述べて締めくくった。

晋悟は、話しながら総員の顔をそれとなく見つめていたが、皆いつものとおり落ち着いた顔付きなのに感心し、満足し、そして安心した。

対決

一

「ふゆづき」は、めざす無人島のとなりの島の島陰を、ゆっくりと進んでいた。

ペナンを出港して四日目の夜、深更に近い刻限である。

艦内は、すでに総員配置についていて、前部甲板では錨を水面上まで巻き出して、投錨準備が完了している。第一、第二内火艇には、臨検隊員、臨検特別隊員が完全武装のうえ乗艇している。特別隊の艦長だけが、まだ艦橋にいた。

「艦長、まもなく第一回錨位です」

通信士が、報告した。艦橋右舷ウイングの晋悟は、左手を挙げて了解を出した。

その晋悟は、いつものように戦闘服装の上に防弾チョッキを着け、正帽を被り、腰の弾帯には旧海軍の短剣を吊るしていた。いつもと違うのは、弾帯の右側には拳銃を下げていた。

「両舷後進微速!」

晋悟が、令した。いつもより遅れての機械の使い方だが、それは、投錨の際の騒音をなるべく小さくしたい、との思いから通常の投錨ではなく、最後まで錨鎖を巻き出して投錨することにしたのである。

やがて、「ふゆづき」の行き脚が止まり、静かに後進し出した。

「両舷停止! 錨鎖巻き出せ!」

伝令の電話員が、晋悟の命令を前部に伝えた。

「副長、それではまた行ってくる。後を頼む」

「ふゆづき」が錨に身を委ね、風に立ちだしたのを確認して、晋悟は副長に言った。

「はい、お気をつけて……」

副長は、いつものように敬礼をして、晋悟を見送った。

砲雷長が指揮する第一内火艇、晋悟の乗艇した第二内火艇は、それぞれ降ろされ、「ふゆづき」を発進した。めざすは無人島の浜辺である。

やがて、黒々とした無人島が、眼前にせまり、あらかじめ定めていた砂浜に乗り上げて全隊員が上陸した。すべての動作が、まったくの無言の中に執り行なわれていった。

上陸した所は、ちょっとした浜があって、すぐ鬱蒼とした森林になっている。その道なき森林の中を、隼人を先頭に砲雷長、艦長、水雷長の順に、概ね二列の縦隊で島の中心の丘に向かって登っていった。

登りつめた頂上は、やや平坦になっていて、折からの満月に近い月明かりで眺望がよく、島全体を俯瞰することができた。今、登ってきた反対の方角に、内海らしきものがあり、そこにわずかながら白い物が見えた。

（小型高速船だ……）

晋悟は、思わず心の中で叫んだ。

（やった……！）

まるで、子供の頃宝物をどこかへしまい忘れ、探しに探した挙句、やっと発見したときの喜びのような感じだった。

ミンユーから貴重な情報を得たとはいえ、晋悟には一抹の不安があった。まだ確認できた訳ではないが、可能性は十分にある。海賊の根拠地としての存在がである。

晋悟は、とりあえずホッとした。

「よし、一気に行くぞ」

一息入れた晋悟は言った。

そして、森林の中の道なき道を、今度は確実に下りになっている所を内海の方向へ、また二列の縦隊の行進が始まった。

だいぶ下って、やや木々がまばらになってきた辺りまで来たとき、先頭の隼人が中腰になって手を上げた。ストップの意だろう、皆が背を低くした。

晋悟は、隼人の横まで行って前方を見た。

（建屋だ……！）

木々の間に、隠れるように建物が見えた。だが、見え隠れして何棟あるのか、ここからではよく分からなかった。

晋悟は、瞬間的に偵察の方針を変えることにした。すかさず、砲雷長と水雷長を近くに来るように手招きして、

「偵察のやり方を変える。隼人、一人で行って全体像をつかんでくれ。どこに何棟あるか。人が寝ているのは、どの棟かなどだ。一人でいいか。なんなら、隼人付の海士を一緒に連れていくか」

と、晋悟は聞いた。

「いえ、一人の方がいいと思います。やや、時間がかかると思いますが、心配しないでください。なお、自動小銃はおいていきます」

隼人は、自動小銃を付の海士に渡し出発の動作をした。腰の弾帯には銃剣が、右の太股に

はシーナイフがついている。

「うん、頼む。気をつけてな」

晋悟が、隼人を送り出した。

二

隼人が偵察に出かけて、時間が過ぎていった。

（隼人は、大丈夫か……）

晋悟は、やや不安に駆られてきた。

しかし、海賊に発見されるなどの緊急事態に遭遇したら、海賊側が大声を発するなど、なんらかの動きがあるはずである。そのときは、晋悟は総員で突入する覚悟を決めていた。

相変わらず、建屋の方は静まり返っている。

しばらくして、隼人が小走りで戻ってくるのが見えた。

（良かった……）

晋悟は、ホッとした。

隼人は、やや息を弾ませながら晋悟の所へ来ると、腰を屈めながら報告を始めた。

砲雷長と水雷長が、晋悟の両隣にいる。晋悟は、熊谷と池野にも来るように手招きをした。

「建屋は、全部で五棟あります。大きいのが二棟、これは居住区のようで、二組に分かれて寝ています。通信室を兼ねた事務所が一番浜側にあり、中には当直員が一人通信機の前のソファに寝ていました」

隼人は、すでに弾む息は納まっていて、続けた。

「あとの二棟は小型で、一棟はリーダーの小屋と思われます。もう一つは少し小さ目で、副リーダー用かとも思われます。いずれも一人ずついるのが、感じられました。いずれの棟も常夜灯が点いていて、中では行動がしやすいと思います。二棟の居住区と事務室は鍵がありません。リーダーと副リーダーと思われる小屋は、すぐドアが開くようにはなっていませんが、シーナイフで簡単に開けられます。なお、浜にはちゃちな桟橋が突き出ていて、小型高速船が一隻着いています。全体の雰囲気として、まさしく海賊の隠れ家という感じでした。以上です」

隼人は、一気に報告した。

晋悟は、短時間の間によくこれだけ調べた、と感心した。

「うん、ご苦労さん。素晴らしい報告だ。よく分かった。有り難う」

晋悟はそう言って、砲雷長と水雷長に向け、

「よし、突っ込もう。分担はだ、砲雷長と水雷長は、それぞれ隊員を引き連れて、二棟の居住区に同時に突っ込んでくれ。リーダー、これはボスと言った方がいいか、ボスはすでに拘

束した、と叫んでもらっていい。俺と隼人、隼人付の海士の三名は、リーダーの小屋に突っ込む。熊谷他三名は副リーダーの小屋、池野他三名は通信室に、それぞれ突っ込んでくれ。隼人は、細部建屋の場所を各グループの長に教えてくれ」

隼人が、前方の建屋方向を指さしながら、砲雷長以下グループの長に細かく教えていた。

「よし、行くぞ」

晋悟の令で、隼人が自動小銃を突き出しながら、真っ先に飛び出した。しかし、あとは音を立てないように忍び足で建屋へ近づいた。

一番最初にリーダーの小屋があった。そのちょっと右に副リーダーの小屋、真っ直ぐ浜に向かって居住区が二列に並んでいた。その向こうに、通信室のある事務所が続く、さらにその向こうはもう浜だが、その間に木が結構茂っている。浜側から見れば、恐らく建屋は隠蔽されているに違いない。

隼人が教えてくれた建屋に向かって、砲雷長、水雷長、それに熊谷、池野が、それぞれ隊員を引き連れて、真っ直ぐに突き進んでいった。

隼人は、リーダーの小屋のドアにたどり着くと、シーナイフを取り出して何かしていたが、静かにドアが開いた。中は居間のようで、常夜灯が点いていて、食事用のテーブルと椅子、それに簡単なソファがあった。奥にドアが二つ見えた。一つは寝室へ、もう一つは洗面所、トイレに通じているのだろう。

隼人は、晋悟の顔を見て、寝室と思われるドアへ行く動作をした。晋悟は、無言で頷いた。付の海士が、すかさず自動小銃を突き出して、隼人の横へついた。

隼人がドアに手を掛け、鍵が掛かっていないことを確かめて、一気に開け放し飛び込んだ。付の海士が続いた。晋悟も中に入った。

中は、やはり寝室で広かった。ここも常夜灯で明るかった。

中央に大きなベッドがあり、男が一人寝ていたのだろう、さすが物音に気付いたようで、上半身を起こしていた。

「ホールダップ!」

晋悟が、押し殺した声で言った。

が、男は両手を上げなかった。しかし、もともと毛布の上にあった両手には、何も持っていないようだ。

その男は、初老を通り越したかなりの年齢のように、晋悟の目には映った。そのままの姿勢で、

「おまえは、ザ・タイガー・オブ・サザーン・シーか?」

と英語で言った。

「そんな、大それた者ではないが、DD119の艦長だ」

晋悟も、英語で答え、さらに続けた。

「そういえば、マスコミは俺のことを、そんな名称でよんでいるようだな。光栄なことだ。ところで、その命名者は、おぬしではないのか。おぬしは、海賊の首領か」

　と逆に、晋悟がストレートに聞いた。

「この期におよんで、隠すこともなかろう。俺は、まさしく海賊の首領だ。お宅たちの組織で言えば、大部隊のアドミラルだ。それにしても、よくここが分かったな。スパイでも使っているのか」

「いや、おぬしたちの行動を見ていれば、自ずと想像がつく。正攻法だ」

「うん。昨年から思っていたが、おまえは頭のいい奴だ」

「いや、わがネービーには、俺と同じような輩は、山ほどいる」

「そういえば、日本人はノーベル賞を貰った人数が、アジアではダントツだもんな。皆頭がいいのか……」

「ところで、いつまでもおぬしと話をしている訳にはいかない。私の部下は、おぬしの部下どもを縛り上げているはずだ。しかし、大部隊のアドミラルを縛る訳にはいかないが、せめて武器だけは、出してもらおうか」

「あー、よかろう。その机の引き出しに、拳銃が入っている。この小屋の武器は、それだけだ」

　晋悟が隼人を見、付の海士が机の引き出しから拳銃を取り出し、隼人に渡した。

「あー、有り難う。一応チェックさせてもらう」

と、晋悟が言って、隼人を見、また付海士が首領のベッドの枕の下や毛布の中あたりをすべてチェックし出した。

晋悟は、話が長くなるにつれ、他の棟の状況が気になっていた。

そこで、隼人に指示して付海士を武器のチェック終了しだい、各棟に行かせることとした。

首領の話が続いている。

「艦長さんよ。実は、この現地に来るにあたって、日本人の女性を一人連れて来ている。俺の秘書としてね。これも頭のいい女だ。英語は抜群だし、他の言語も立ちどころに覚えてしまう。それに博学だ。俺の部下連中の教育も担当してくれている。なんでも、その昔某国のスパイに拘束されて、某国にしばらくいたようだが、脱出の機会があって、偶然その脱国に俺が手助けして、以後つい俺の近くに置いてしまったという訳だ。軍艦には、邦人保護の義務があるのだろう。この際、お返しするよ。日本に連れて帰るといい」

「あー、それは有り難い。助けていただいたことには、感謝する。本艦で収容して、ペナンの日本領事館に引き渡すよ」

と言った晋悟だが、首領の話を聞いている中に、なんとなく胸騒ぎがしてきた。

(ひょっとして……)

しかし、すぐそれは否定した。

（そんなはずはない……）

のである。

隼人が、晋悟に近づき耳元で、状況を見にいった中村は、隣の部屋で待ってます、と告げた。「中村」は、付海士の名前である。

晋悟は、首領の監視は隼人に任せて、隣の部屋へ行くと、

「艦長、報告します。すべての棟で、海賊どもを拘束した、とのことです。なお、熊谷三曹からは、直接艦長に報告するとのことです」

と、やや緊張した声で、付海士が言った。晋悟はホッとした。

付海士の報告が終わるのを待っていたように、熊谷三曹が部屋へ入ってきた。

「艦長、副リーダーの小屋には、日本人の女性が一人でいました。この方です」

と言って、小屋の外の女性を招き入れた。

そのとたん、晋悟は絶句した。

「奈美子……！」

その女性は、晋悟を見るなり、

「晋悟さん……！」

大きく目を見開いて、その場に泣き崩れてしまった。

晋悟は、彼女の体を支えるようにして、

「君だったのか……今、首領から君について、大まかのことは話してもらった。ともかく、生きていてよかった。取り敢えず俺の艦へ行こう」

あの、(ひょっとして……)が、そのとおりになったのだ。

晋悟は、胸が一杯になった。もっと彼女と話したかったが、今は海賊対処を急がなければならない。

「熊谷、ご苦労さんだった。済まんが隼人と代わって、となりの部屋のあの男を監視してくれ。彼はまさしく海賊の首領だ。なので、両手を縛る必要はない。まあ、丁重に扱ってやってくれ。ただ、変なまねをしたら、直ちに押さえつけていい。自由を奪っても構わない。俺と隼人と付海士は艦に戻る」

熊谷三曹は、了解しました、と言って部下の三名に指示してとなりの部屋へ入っていった。

引き継ぎを終えて出てきた隼人に、晋悟が言った。

「隼人、砲雷長以下各グループの長を集めてくれるか。あー、それからこの女性、じつは俺の妻なんだ。彼女は、艦へ連れて行って、ペナンへ入港したら、司令から領事館に話してもらって、日本への帰国手続きをしてもらうつもりだ。で、それまでのエスコートを頼みたいんだが……」

隼人は、分かりました、と言って奈美子に向かい、

「真田隼人といいます。奥様のことは、前に艦長から伺っていました。お帰りなさい。精一

杯お世話させていただきます」

とあいさつした。奈美子は、

「よろしく、お願いします」

と、深々と頭を下げた。

晋悟は、奈美子を隼人に任せると、小屋の外に出た。

すでに夜のとばりは上がって、辺り一面が白み始めていた。南海の海から吹き寄せる微風が、心地よく晋悟の頬を撫ぜていった。

付海士が呼びに行った砲雷長、水雷長、池野三曹が集まりつつあったが、途中から駆け足になった砲雷長が、晋悟が口を開く前に、

「艦長！　ご報告が遅くなりました。海賊の人数を掌握していたもので……で、向こうの三棟トータルで、計十八人です。その中には、他から来た首領の付き添い二人が含まれています」

と、言った。

「あー、ご苦労さん。有り難う。すると、首領を含めて十九人か、うん、分かった」

そこで晋悟は、改めて集まった三人を見回しながら、

「皆、よくやってくれた、ご苦労さん。お陰で、海賊の首領以下全員を拘束することができた。で、今後のことだが、あー、その前に砲雷長、内火艇を二隻とも内海の方へ回航させて

くれるか」

と、晋悟が言ったので、砲雷長がすぐ近くにいた電信員に内火艇への通信を指示した。

晋悟が、続けた。

「それで、諸君は済まんが、全員で拘束した海賊を、沿岸国の官憲に引き渡すまで、監視してもらいたい。食事や仮眠も必要なので、実際は監視員は当直制でいいが、中には悪い気を起こす者もいるかも知れないので、各直は十分な人数で、監視にあたってもらいたい。なお、俺と隼人と付の海士は、内火艇が着きしだい本艦に戻って、司令への報告、官憲への調整依頼を行なうとともに、今の投錨位置からこの内海の近くに転錨する。いずれにしても本艦は、官憲への引き渡しが終わるまでここに留まるつもりだ。池野は、首領の部屋で首領の監視をする熊谷組の応援にあたってくれ。首領は、一応人格を信じて手は拘束をしていないので、監視には十分な人数がいるだろう。何か質問があるか」

質問は、特になかった。池野三曹も、頷いていた。

「よし、じゃ頼む」

晋悟は処置がすべて済んだと思った瞬間、体から力が抜けていくような気がした。

（いずれにしてもよかった。おまけに奈美子とも再会できて……、俺はついている……）

しかし、ついているとは思ったが、本当に偶然なのだろうか。人生の巡り合わせなのであろうか。晋悟は、何か別世界に来たような錯覚に捉われている感じだった。

「艦長！　内火艇が回航されてきました」

誰かが、叫んだ。

「よし、隼人、帰艦するぞ」

南海の無人島の夜が、明けようとしていた。

三

晋悟、隼人、奈美子そして付海士を乗せた第二内火艇は、いわば「海賊島」の無人島を大きく回りながら、「ふゆづき」の投錨地に向かった。

折しも日出の刻限。島と島との隙間の水平線から、まさしくご来光が、静かな南海の海面に射し始めていた。その神々しい光景に、晋悟は見とれていた。一大成果を上げた満足感に浸りながら……。

やがて「ふゆづき」の右舷から下ろされた長い舷梯に近づくと、晋悟はゆっくりと登っていった。

「艦長！　おめでとうございます。海賊の首領を捕らえられたそうで……」

舷門で迎えた副長が、敬礼をしながら言った。砲雷長が、無線で報告したのだろう。が、次の瞬間、晋悟の後ろに続いて登ってきた女性を見て、驚きの顔になった。

「か、艦長！この方は……」

「あー、海賊に拘束されていた邦人を保護した。ペナンまで本艦に乗艦させる」

と、晋悟が答えたが、しばらく艦長室の方へ歩きながら途中で止まり、

「実は、十年前に鳥取で行方不明になった俺の妻なんだ。奈美子、副長の田上三佐だ」

と、紹介し、奈美子が、深々と頭を下げた。

副長は、驚きと、そして当惑したような顔になったが、慌ててお辞儀をした。

「それで申し訳ないが、司令室を提供してくれるか」

「えー、それはもう、当然です」

と、副長は慌てて即答した。

「有り難う。で、皆に迷惑をかけても、なんなので、食事も司令室で取らせる。特別隊員の中村士長が、面倒を見てくれるそうだ」

無人島で内火艇に乗る前、隼人が晋悟に、付海士を奥様の食事や風呂の用意等のために、付けさせる、と申し出があって、晋悟はその厚意に甘えることにしたのである。その付海士が、奈美子の大き目のバッグを持って、最後に続いている。

晋悟は、奈美子の部屋への案内は隼人に任せ、その足で司令に報告するため、CICへ向かい始めたが、舷門で副長と同じく迎えてくれた当直士官が、航海長だったことに気付き、また足を止めた。

「そうだ、航海長！　まもなく、総員起こしになると思うが、その後本艦を無人島の近くに転錨したいんだ。錨地を見つけてくれるか」

と、指示した。「転錨」は錨地を変えることである。

「分かりました。なるべく、内海に近い方がいいですね」

「うん、その方がいいな。それと、今から隊付に連絡を取るが、その際、その錨位を緯度、経度で知らせてもらいたい。これが、沿岸国の官憲に引き渡す場所にもなるんだ」

と、晋悟が言った。航海長は了解しました、と言って、チャートのある艦橋へ小走りに向かった。CICに向かう晋悟に、副長が従っていた。

「副長、旗艦を呼びだして、当直の隊付を電話口に来させてくれ」

まだ、艦の起床時間前のはずだが、隊付が出るのは早かった。隊付ブラボーだった。

「あー、ブラボー、ご苦労さん。朝早くから済まんが、次の件至急司令に報告して、処置をお願いしてくれるか」

と、晋悟は言って、艦長が、前にヘリで上空から観察して目を付けていた島に上陸し、探索したこと、その結果、建屋五棟と小型高速船を発見し、隠密裏に奇襲して海賊十九人を拘束したこと、その中には、海賊の大元締めの首領もいたこと、彼は、側近二名をともなってたまたま現地に来ていたこと、この首領は、自ら海賊組織の長であることを認めたこと、これらの十九人を、この場で沿岸国の官憲に引き渡したいこと、さらに、海賊に拘束されていた邦人の女性一人を解放し保護したこと、この女性は本艦に収容してペナンで日本領事館に引き渡したいこと、この女性の細部については、ペナン入港後、艦長から司令に直接報告させていただくこと、などを伝えた。

そこへ、航海長がチャートを持って立っていた。

「あーブラボー。ちょっと待ってくれ。今、本艦の錨地を緯度、経度で言うからな、これが沿岸国の官憲への海賊引き渡しの場所ともなると思うんでな」

晋悟は、そう言って送受話器は、そのままにし、航海長が広げたチャートを見た。無人島の内海に近い場所で、水深は二十五メートルだった。晋悟は、即断した。

「航海長！　ここでいい。じゃ、その緯度、経度を言ってやってくれ」

と言って、送受話器を航海長に渡した。

晋悟は、副長に向き直って、

「総員起こし後でいいので、出港準備をさせてくれ。転錨する」

と、言った。

「ふゆづき」では、総員起こしと同時に、

「出港準備、前部員錨鎖詰め方、艦内警戒閉鎖」

と、号令がかかり、引き続いて、

「準備出来次第出港し、転錨する。航海当番配置につけ」

矢継ぎ早の号令である。「ふゆづき」総員、眠気が一気に吹き飛んだに違いない。しかし、これも艦長の配慮で、起床の刻限まで待っての号令だったのである。

晋悟は、まだ戦闘服のままであったことに気がつき、何時になるか分からないが、沿岸国の官憲も来ることでもあり、艦長室へ行って、制服に着替えることにした。さらに、服を着替えながら、補給長を呼んで、海賊の人数分の食事の用意を指示した。そしてそれは、多分夕食分までいるだろうことを告げた。

司令の晋悟の報告に対する反応は、今回も早かった。

無人島の表玄関の、内海に近い錨地に「ふゆづき」が転錨した後、その無人島に残した臨検隊員と臨検特別隊員に対する、朝食の運搬や、拘束している十九人の海賊に対する給食等に追われた晋悟たちだったが、士官室で、自分たちも朝食をとり始めた晋悟に、司令からの電報が報告されたのである。

その電報の要旨は、次のとおりであった。

まず、海賊の組織の長を拘束したことは、称賛に価する素晴らしいことであること、領事館も非常に喜んでいること、以後の処置について、領事館と調整した結果、少なくとも本日の日没までには、現地に海賊の引き取りのための官憲を向かわせること、そして、海賊に拘束されていた邦人の処置については、艦長の方針のとおりでいいこと、沿岸国の官憲への海賊引き渡しが終了次第、以後の哨戒を終止し、速やかにペナンに帰投すること、等が記されであった。

晋悟は、電報を読み終えると、艦長欄にサインをし、隣の副長に渡した。

「司令から指示があったよ。後、海賊を拘束している砲雷長に、無線で教えてやってくれ。首を長くして待っているだろうから……」

と言って、笑顔になった。

「ずいぶん早いですね。分かりました。知らせます」

と副長は言って、一読するとCICへ行くのだろう、そのまま立ち上がった。

その日の午後、晋悟は「海賊島」の臨検隊員、臨検特別隊員を激励しようと思い立ち、内火艇で再び無人島へ向かった。それともう一つ、沿岸国の官憲が来る前に、もう一度首領に会っておきたい、という思いがあったのである。

晋悟の乗った内火艇が、内海の粗末な桟橋に達着すると、無線で副長が連絡したのだろう、砲雷長が戦闘服装に拳銃を下げた、あのときの服装で晋悟を出迎え、

「艦長、異状ありません」

と、敬礼しながら報告した。

「あー、砲雷長。ご苦労さん。食事は終わったか」

と、晋悟。

「はい、交代で取らしていただきました。海賊たちも、喜んで食べています」

「うん、それはよかった。今朝は、気が急いていて見られなかったが、海賊の建屋を見てみようか」

晋悟が、ここを訪ねたもう一つの目的を言った。

「えー、それでは近い所から、まず通信室と事務室と思われる所です。一人警戒員を付けています」

と、一番最初の建屋に入ると、その隊員が、自動小銃を持ったまま立ち上がって、晋悟に敬礼した。

「ご苦労さん。夕方には、引き揚げられるからな」

晋悟は、声をかけた。

「どうも、我々が突入したとき、何か操作をしたのか、通信機のスイッチはONになったままですが、外部からの通信は、まったくないのです。そうだな」

と、警戒員に砲雷長が聞いた。

「はい、まったく呼び掛けがありません」

その、電信員の海士が答えた。

次は、海賊どもを拘束している二棟の居住区で、その入口に水雷長が、やはり戦闘服装に拳銃を下げた服装で晋悟を迎えた。

各棟には、海賊を九人ずつに分けて拘束し、監視員は、常時四名で自動小銃を構えた姿勢で監視にあたっていた。晋悟が入ってきても、誰もその姿勢を変える者がなかった。晋悟は、砲雷長の徹底したやり方に、十分満足した。

次に、副リーダーの小屋に行った。

ここは、奈美子が寝泊まりしていた小屋だ。首領が来る前には、実際はどのような使い方をしていたのかは分からないが、こぢんまりとしていて、使い勝手がいいように晋悟には、感じた。で、ふっと、

(首領は、奈美子をそれなりに大事にしてくれていたんだ……)

と、思った。

ここには、警戒員は付けていなかった。

最後は、首領のいる小屋である。

「ここは、特別隊員が監視にあたっていましたが、熊谷三曹の申し出があったので、途中から海士二名を、居住区の監視員の交代要員として移動させています」

と、砲雷長が断わった。

「うん、妥当な処置だ」

晋悟が、了解した。そして、入口の外で出迎えた熊谷と池野に、ねぎらいの言葉をかけた。

首領の部屋に入ると、ベッドの上にその当人が胡坐をかいて座っていた。部屋の四隅の奥

の方の二ヵ所に、海曹と海士の監視員が、自動小銃を持ってはいるが、熊谷三曹の配慮だろう、構えることもなく、右手を添えて立っていた。

首領は、晋悟の顔を見るなり笑顔になって、

「やー、艦長さん、久し振りにゆっくりさせてもらったよ。食事も美味かった。君の部下たちは、親切だし、礼節もわきまえているし、規律も正しそうだな。君の教育が行き届いているね。やはり、ザ・タイガー・オブ・サザーン・シーに相応しい。俺が命名した目に狂いはなかった。俺が保障するよ」

と言って、握手を求めてきた。

晋悟は、躊躇することなく、その握手を受け、

「隊員を褒めてくれて、感謝します。夕方には、沿岸国の官憲が来るので、あなた方を引き渡すこととなるが、せめて夕食も食べていって下さい。首領は、ご高齢とお見受けしたが、どうかお体を大切にして下さい」

と、言い置いた。

四

「ふゆづき」は、その日の夜、錨を揚げて無人島を後にした。ペナンへの帰投を急いだので

ある。

その前の夕方、沿岸国の官憲が無人島にやって来たのは、日没を過ぎ、もう薄暮に近い刻限だった。

そして、海賊十九人と建屋、小型高速船の引き渡しはスムーズにいった。

例によって、官憲の長と名乗る男が、晋悟に面会を求め、士官室で会うことにした。士官室では、副長が同席した。

その官憲の長は、拙い英語だったが、趣旨は十分に分かり、晋悟も英語でなるべくゆっくりと喋った。

その長は、最初に海賊を拘束したことへの礼を述べ、引き続き、いわゆる事情聴取の類であろうが、決まりきった事項を聞いていった。晋悟は、丁寧にこれに応じた。

そして、最後にその長は、

「本艦に、海賊の所にいた日本人を収容した、と聞きましたが、彼女から事情聴取を行ないたいと思いますので、引き渡していただけませんか」

と、晋悟の目を伺うように見た。

「いや、彼女は、海賊の仲間ではありません。海賊に拘束されていた、いわば被害者です。その彼女を、我々は解放し、保護しました。このまま本艦に乗艦させ、ペナンに帰投後、日本領事館に引き渡して、日本へ帰国させます」

と、晋悟は言い切った。

ここは、沿岸国の領海内であっても、いわば「治外法権」の権限を有する軍艦が保護した邦人を連れだすのは無理、とその長は悟ったのだろう、

「分かりました。それでは、先程の要求は、取り下げます」

と言いながら、立ち上がり、

「いろいろ教えていただきまして、有り難うございました。これで失礼します」

と言って、出ていった。

副長が、慌てて後を追った。舷門まで送るつもりだろう。

晋悟は、士官室に帰ってきた副長に、

「よし、長居は無用だ。出港しよう。無人島に行っていた隊員を、最後にチェックしてくれ」

と、言った。

母国へ

一

ペナンの街並みが、遠くに見えてきた。今年になってからも、何回この光景を見たことか。しかし、今回は何か特別の感情をもって、その景色を見ている感じだった。海賊の首領を捕まえたという、成果を上げての任務への達成感と、そしてもう一つ、晋悟にとって思いもかけず、そして最大の喜びである奈美子の奪還である。

そう、その奈美子と、昨夜司令室で少しくゆっくりと話したのである。

いままでは「ふゆづき」の乗組員の手前、そうそう会う訳にもいかず、また実際、航海中でもあり、司令や海幕への報告書の作成もあって、忙殺された晋悟だった。

その奈美子との話で、最初に晋悟が確認したかったのは、今回あの無人島の海賊の根拠地に首領が来るにあたって、なぜ奈美子がついてきたか、ということだった。

「あー、そのこと」

と言って、奈美子は、

「それは、ときどき首領のいる本部に現われる、私と同じ秘書の女性がいるの。この女性は私と同じくらいの年齢かしら、とてもきれいな英語を話す人で、教養もあるみたい。この方が、一度海賊の現場を見たらって言うの。そして、今度首領が行く所に行ってらっしゃいよ、と勧めてくれたので、首領に話したら、簡単に許してもらえたので行ったのよ」

ということだった。

（ミンユーだ……）

と、晋悟はこのとき、直感した。

そして、話の本題である奈美子の明日以降のことについて、明日の朝ペナンに入港したら、俺は、まず司令へ報告に向かうが、そのあと、奈美子を司令の所へ連れていって事情を話し、領事館への出頭となること。これには、司令に行っていただくつもりでいる。その後、帰国の手続きをしてくれるはずだが、その際、領事館でも事情を聞かれると思う。それから帰国となるが、もちろん俺よりは早く帰れるだろう。日本では、外務省でまた事情を聞かれるだろう。また、警察からも事情聴取があるかも知れない。奈美子については、すでに人手を通じて、司令には電話で話してあるが、君が俺の妻であることは、まだ話していないので、明日君を連れていくときに、初めて話すことになる。等々を話して、

「ところで、日本に帰ったあと、外務省では、誰かに君を引き取ってもらう形を取るかも知れないのだが、俺以外は、やはりご両親か」

と、晋悟が聞いた。

「今まで、まったくコンタクトは出来なかったので、もし両親が健在なら、そういうことになると思う。ペナンで、もし可能なら電話してみるわ」

と、奈美子が言った。

「うん、領事館で電話をさせてもらうといい。そうだ奈美子、金を持っていないだろう。あとで、ドル紙幣と日本円を渡すよ」

「有り難う。助かるわ」

そこで晋悟は、十年前の逗子のアパートは、奈美子がいつ帰ってきてもいいように、そのままにしてあるし、今でも俺が一人で住んでいる、と伝え、用意してきた「鍵」を、

「手をだしてごらん」

と言って、手のひらの上に置き、両の手でしっかりと挟んだ。

奈美子は、涙を浮かべて、もう片方の手を上に重ねてきた。

晋悟は、そのままの格好で、

「俺が日本へ帰ったら、今度こそ、結婚式を挙げよう」

と言い、奈美子が大きく頷いた。

ペナンの、いつもの岸壁が見えてきた。通常より三日早い入港だが、「はぐろ」はすでに出港していていない。「いそなみ」だけが、接岸している。その艦橋のウイングに、いつものように司令と艦長が立っていた。

「ふゆづき」は、艦長が操艦して、「いそなみ」にスマートに横付けした。

「亀さん！　でかしたな。大手柄だよ」

司令が、晋悟が敬礼するのに答礼もそこそこに、大きな声で言った。

「有り難うございます。異状ありません」

「うーん。新聞は一面を大きく飾って、そりゃ、大変だったよ。俺も、報道各社から質問攻めだ。それも、銃撃戦もなく、敵の本城を無血開城させたんだから、ともかく、凄い。たいしたもんだ。報告が、楽しみだよ」

司令は、興奮ぎみに言った。

「はい、只今、参ります」

「うん、待っている」

と言うと、司令は、艦橋内に入っていった。

そばにいた、いそなみ艦長がすかさず、

「先輩、おめでとうございます。やっぱりやりましたね。亀山さんが、本懐を遂げられたんじゃないですか」

「うん、まあ、お陰様でね。今、そっちに行くよ」

晋悟はそう言って、艦長室に書類を取りに行った。

司令への報告は、いつものとおり、A4用紙一枚のもの。そして、入港までに副長以下砲雷長、水雷長が中心になって作り上げてくれた、「マラッカ海峡派遣部隊指揮官」から海幕長への報告書である。

それらの書類を片手に、まだ接舷作業が完全には終わっていない舷門を渡り、となりの「いそなみ」当直士官、艦長の出迎えを受けながら、晋悟は司令室へ向かった。

「いや、本当にご苦労だったな、艦長！」

と言って、司令は大きな右手を突き出した。

「まずは、おめでとう。ほれ、これを見ろよ。これは、君用にとっておいたんだ。差し上げるよ」

左手に持っていた英字新聞を、晋悟の前に差し出した。

一面トップに、「ザ・タイガー・オブ・サザーン・シーが、海賊の首領を捕まえる」との見出しで、艦首の横に119のついた護衛艦の写真が載っていた。最初の文面の中に、キャプテン・シンゴ・カメヤマの文字も見えた。

「光栄ですね。こんなに大きく取り上げてくれるのは……」

と、晋悟。

「俺のホテルで、他の新聞も見たけど、だいたいどれも同じ程度だったよ。素晴らしいことだ。それで、当日さっそく幕の運用課長に電話したら、折り返しすぐ課長から電話があって、海幕長がえらく喜んでおられて、亀山にくれぐれもよろしく、とのことだったよ。海幕長とは、どこかで一緒だったかな」

司令のご下問である。

「はあー、昨年、例の『特別措置法案』作りで直接ご指導をいただきました」

「あーそうだよな。幕で一緒だったんだ。じゃ、なんだな。自分で種を蒔いて、自分でその実を刈り取ったという訳か、ワッハハハ、こりゃ面白い、ワッハハハ……」

司令は、上機嫌で笑った、「幕」は海幕のことである。

「それでは、報告します。なお、司令から海幕長への報告書も案を作ってみました」

と、晋悟は言って、司令といそなみ艦長の前にＡ４一枚の用紙を、さらに報告書を司令の横に置いた。

「切れ者、亀さん。さすが早いな」

司令が、報告書をパラパラとめくりながら言った。

晋悟は、電話で隊付を通じて報告させていただいた内容とほぼ同じですが、と断わって、要領よく説明した。最後に保護した邦人に触れ、現地で海賊どもを官憲に引き渡した後、その官憲の長が私に会いに来た際、その日本人の引き渡しを要求されましたが、はっきり断わりました、と報告した。司令は、

「当然だ。君の判断は、正しいよ。うん、それでいい」

と、口を入れ、

「で、その邦人、今、どうしている」

と、聞いた。

「はい、本艦におりますが、この報告終了しだい、連れて参ります。それで、領事館への出頭などは、司令にお願いできるでしょうか」

「うん、後は俺がやろう。若干の手続き等があろうが、なるべく早く帰国できるようにな」

「はー、よろしくお願い致します」

晋悟は、頭を下げながら言い、続いて、

「で、電話でも申し上げなかったのですが、またこの報告書にも書かなかったのですが、実は……、この邦人は、まだ籍は入れてないのですが、私の妻なんです」

と言った、とたん、

「えっ！」

ほぼ同時に、司令といそなみ艦長の口から、驚きの声が発せられた。

「君の奥さん……、いや、前に、君から聞いてはいたが、まさか、こんな所で……」

司令は、言葉が続かない、というような顔で、晋悟を見つめた。

「実は、私も驚きました。もちろん、まったくの偶然なのですが、奇遇というか、巡り合わせというか、神に感謝する以外にないと思っています」

「今回の成果の最大のものは海賊の首領を捕まえたことだが、君にとったら奥さんとの再会こそが人生最大の吉事だな。いや、おめでとう」

と司令は、立ち上がりながら、あらためて握手を求めてきた。

晋悟も立ち上がって、その握手に応えた。

いそなみ艦長も立ち上がって、

「ほんとですね。最大の吉事ですよ」

と、司令の言葉を繰り返した。

「有り難うございました。よろしく、お願い致します」

晋悟が、また頭を下げ、司令が、

「君の奥さんなら、ますますだ。まあ、俺に任せとけ。悪いようにはしない」

と言って、胸を張った。そして、司令が続けた。

「それで今後のことだが、まだ正式の命令は出てないが、たぶん海賊対処は一段落させるんじゃないかと思う。取り敢えず、君の艦の交代艦は、来ないことになった。君の艦は、海幕長への報告もあるので、早々に帰国命令があると思う。後は、我々司令部と、〝はぐろ〟と〝いそなみ〟で残務処理だ……。な、いそなみ艦長！」

「はい、頑張ります」

いそなみ艦長が答えた。

「よーし、それでは今夜は、また祝い酒といこう。いいな、両艦長！　隊付も当直を除いた二名を参加させる。まずは、俺のホテルに来てくれ」

司令が、満足げに言った。

二

結局その夜は、司令が音頭をとった〝祝い酒〟で、ホテルのバーを皮切りに、街へ繰り出し、晋悟が「ふゆづき」の舷門を渡ったのは、深更に近かった。

奈美子については、午前の司令報告に続き、彼女をともなって司令室に赴いた晋悟は、全権を司令にお願いしたのである。夕方、司令の所へ行った際、司令が話してくれたことでは、領事館は快く奈美子を引き取ってくれたという。そして、司令が領事館から先程もらった電話では、領事館の職員が彼女に付き添って、クアラルンプールの大使館へ向かったとのことだった。晋悟は、あとは外務省に任せるよりしようがないと思った。ここで、晋悟が奈美子に対してしてやれたことといえば、別れ際にドルと円の紙幣を手渡したことぐらいだった。

「ふゆづき」に帰国命令が出たのは、次の日の朝だった。

当直の隊付から報告があったのだろう、ホテルの司令から晋悟に電話があった。

「あー、亀山、やっぱり出たな。乗組員にも、それぞれ未練があるだろうから、今晩はいて、明日の朝出港ということでどうだ」

とのご下問だった。晋悟に異存はない、

「はい、それで結構です」

「分かった。じゃ、俺から海幕には電話しておく」

「よろしく、お願いします」

その今晩は、副長の計画した士官室会報別法、これは要するに士官室の宴会だ、それと臨検隊員、臨検特別隊員の慰労会、そしてその特別隊員の解散会等々、すべてをふくめた合同宴会を予定していたのである。

晋悟は、副長を呼んで、明日の出港を告げるとともに、本日当直にあたっていて上陸できない乗員について、必ず連絡できることを条件に、昼間半舷ずつ上陸をさせてはどうか、と言った。

「有り難うございます。それでは、そうさせて頂きます」

と副長は言うと、ＣＰＯ室に向かうのだろう、あたふたと艦長室を出て行った。

晋悟は、「ふゆづき」が作った原案を元に、隊付が作成した最終的な海幕長への報告書をチェックし、司令のサインを頂いて、ペナンにおける仕事もすべて終わった、と実感した。

その夕刻、晋悟は早めにシャワーを浴びて、軽く夕食を取り、副長以下士官室の数名と艦を出て、街に向かった。

宴会場は、昨年と同じ居酒屋だった。副長が気に入った店なのだろう。ただ、人数は昨年より多く、大宴会になった。前と同じように副長が大幹事役として、終始リードして、極めて和やかな雰囲気で過ぎていった。去年と同じように、最後に晋悟が一言述べて、会はお開きとなった。

晋悟は、隼人をつかまえて、二次会に行くのか聞いたところ、熊谷、池野と行くつもりで、艦長も行きませんか、と逆に誘われた。

「うん、有り難う。必ず行く。が、その前に例の所をちょっと覗いて見ようと思ってな。君が言ったことが妙に気になってるんだ」

海賊の根拠地攻略の計画を隼人に話した際、隼人が、

「もし、我々の作戦がうまくいったら、彼女の身は危ないんじゃないですか」

と言った、そのことである。

晋悟は、二次会の場所の地図を隼人に書いてもらうと、一人いつものスナックに行った。

ドアを開けたとたん、雰囲気が一変しているのに驚いた。カウンターやソファの位置は前と変わっていないが、ママさんと思われる女性は、ミンユーより年増だし、若い二人の女性も新顔だ。

「あのー、ミンユーは？」

と晋悟は、思わず聞いてしまった。英語でである。

「あー、ミンユーは、もうここにはいません。あなたは、シンゴ？」

そのとおり、晋悟だと答えると、彼女は奥の机の引き出しから、封筒のようなものを出して、シンゴが来たら、これを渡してくれと頼まれた、と言って、晋悟に手渡した。その封筒には、確かに表にシンゴ宛と記し、裏には、ミンユーと書かれてあった。

晋悟は驚いたが、ここで飲むつもりはなかったので、出ようかと思ったが、思い直して、

「有り難う。じゃ、ここで読ませてもらうよ。ビールをもらおうか」

と言って、止まり木に座って、封を切った。


親愛なる、シンゴ。

ナミコさんと、仲良く、幸せに、過ごしてね。

そのナミコさん、とてもきれいで、素敵な方。

あなたとは、お似合いのカップルよ。

私は、二度とあなたの前に、現われることはないでしょう。

しかし、本当に楽しい出会いでした。

そして、幸せな思いをさせてもらいました。

有り難う。そして、さようなら、永遠に。


晋悟は、手紙を読み終わると、封筒に戻して、背広の内ポケットにしまい、

「有り難う、ママさん」

と言って、コップに注がれたビールを一気に飲み、料金を払ってその店を出た。

(奈美子の奪還は、まさしくミンユーのお陰だ……。有り難う)

晋悟の足は、隼人が書いてくれた地図の方向に向いていた。


日本への出港の朝、南海の空は抜けるような青さだった。

「ふゆづき」は出港に向け、それも日本への帰投ということで、艦内は活気に満ちていた。

晋悟は朝食を終えて、そろそろとなりの艦の司令へ出港報告に行こうか、と考えていた矢先、

「艦長！ 司令が〃いそなみ〃で、お呼びです」

当直士官が、報告した。

何か、特別のことでも……と思いながら、となりの艦の司令室をノックすると、

「あー、亀さん、朗報二つだ！」

司令が、握手を求めてきた。

「今、領事館から電話があった。君のところが今朝出港と聞いて、知らせてくれたんだろう。まず、奥さんの話だ。昨日の夕方、東京の外務省で、無事ご両親に引き渡された、ということだった。おめでとう。クアラルンプールからは、大使館員が東京まで同乗し、東京の空港では外務省の職員が出迎えたらしい。外務省もちゃんと面倒を見てくれたようだ」

そう言って、司令は目を細めた。

「有り難うございました。皆様には、ご迷惑をおかけしました」

晋悟は、頭を下げた。

「いや、それは当然だ。奥さんも、ずいぶんご苦労をされたんだからな。それと、二つ目だ。おい！　君に勲章をくれるとよ。沿岸国の複数の国が、君の功績に対し、叙勲を考えているということだ」

「それは、身に余る光栄です。有り難うございます」

と、また頭を下げ、晋悟は続けた。

「こちらから、後程ご挨拶に伺うつもりだったのですが、司令、この数ヵ月、本当にお世話になりました。司令の下で、楽しく勤務させていただき、幸せでした。有り難うございまし

た」

晋悟が、別れの挨拶をすると、司令が、

「いや、本当によくやってくれた。派遣部隊も、大手を振って帰国できる。君のお陰だ。有り難う」

と言って、改めて晋悟の手を握った。

豪気な司令の目が、潤んでいるように、晋悟には見えた。

ＮＦ文庫書き下ろし作品

NF文庫

海上自衛隊 邦人救出作戦！

二〇一六年七月 十五 日 印刷
二〇一六年七月二十一日 発行

著 者 渡邉 直
発行者 高城直一
発行所 株式会社 潮書房光人社
〒102-0073 東京都千代田区九段北一-九-十一
振替／〇〇一七〇-六-五四六九三
電話／〇三-三二六五-一八六四㈹
印刷所 モリモト印刷株式会社
製本所 東 京 美 術 紙 工

ISBN978-4-7698-2956-0 C0195
http://www.kojinsha.co.jp

NF文庫

刊行のことば

第二次世界大戦の戦火が熄《や》んで五〇年――その間、小社は夥しい数の戦争の記録を渉猟し、発掘し、常に公正なる立場を貫いて書誌とし、大方の絶讃を博して今日に及ぶが、その源は、散華された世代への熱き思い入れであり、同時に、その記録を誌して平和の礎とし、後世に伝えんとするにある。

小社の出版物は、戦記、伝記、文学、エッセイ、写真集、その他、すでに一、〇〇〇点を越え、加えて戦後五〇年になんなんとするを契機として、「光人社NF(ノンフィクション)文庫」を創刊して、読者諸賢の熱烈要望におこたえする次第である。人生のバイブルとして、心弱きときの活性の糧《かて》として、散華の世代からの感動の肉声に、あなたもぜひ、耳を傾けて下さい。